숨은 길 찾기

이금이 청소년문학

숨은 길 찾기

초판 1쇄 펴낸날 2014년 5월 30일
초판 4쇄 펴낸날 2016년 6월 30일
개정판 1쇄 펴낸날 2021년 9월 10일
개정판 3쇄 펴낸날 2023년 4월 15일

지은이 이금이
펴낸이 이어진
편 집 현민경
디자인 파피루스

펴낸곳 밤티
등 록 2020년 5월 18일 제2020-000081호
주 소 04590 서울시 중구 다산로 156 부흥빌딩 2층 136호
전 화 02-2235-7893
팩 스 02-6902-0638
이메일 bamtee@bamtee.co.kr
홈페이지 www.bamtee.co.kr

ISBN 979-11-91826-03-6
979-11-971205-3-4 44810(세트)

- 이 책은 출판사 푸른책들에서 2014년에 출간한『숨은 길 찾기』의 개정판입니다.

숨은 길 찾기

이금이 장편소설

밤티

차례

소희의 방

금요일 저녁, 미르와 바우는 대학로에서 뮤지컬을 보고 소희를 만났다. 느티나무 아래에서 헤어진 뒤 첫 만남이었다. 미르가 2년 만이라고 했을 때 바우가 2년 3개월이라고 정정했다. 셋은 저녁을 먹고 놀다 바우는 엄마 본가로, 미르는 소희네 집으로 갔다.

소희네 집은 미르가 상상했던 것보다 훨씬 크고 멋졌다. 잘 가꾸어진 잔디와 나무, 색색의 꽃이 핀 너른 정원엔 나무 그네와 파라솔이 세워진 야외 탁자가 있었다.

"와! 나, 이렇게 큰 집에 첨 와 봐. 드라마에 나오는 집 같네. 부럽다!"

미르는 스멀스멀 피어올라 가슴을 뒤덮는 감정이 질투심

이란 사실에 당황해 호들갑을 떨었다.

“저기가 내 방이야.”

소희가 2층을 가리켰다. 불행을 걱정해 주는 것보다 행운을 진심으로 기뻐해 주는 사람이 더 진정한 친구라는 글을 본 적이 있다. 무슨 소린가 싶던 그 말이 단번에 이해됐다. 친구에게 닥친 불행을 함께 슬퍼해 주는 건 행운을 내 일인 양 기뻐해 주는 것보다 훨씬 쉬운 일이다.

소희는 미르 인생 중 가장 힘들었던 열세 살을 함께 해 준 친구였다. 아픈 할머니와 단둘이 살았던 소희는 할머니가 돌아가신 뒤 작은집으로 갔다. 미르는 달밭마을을 떠난 소희가 잘 지내기를 진심으로 바랐다. 어릴 때 헤어졌던 엄마와 살게 됐다는 소식을 들었을 때는 자기 일처럼 기뻤다. 하지만 이렇게나 좋은 집에서 살고 있을 줄은 몰랐다.

집 내부는 정원보다 더 근사했다. 미르는 약간 기가 죽은 채 소희 엄마, 우진과 인사를 나누었다. 소희 방으로 가기 위해 계단을 올라갈 때는 저절로 한숨이 나왔다.

소희 엄마의 모습은 미르가 어릴 때부터 바라던 엄마상과 일치했다. 우아하고 예쁜 옷차림, 교양 있는 말투, 외출했다 돌아오면 집에서 맞아 주고 간식을 챙겨 주는……. 아쉽게도 엄마에겐 없는 모습이다. 간호사였던 서울에서도, 진료소장인 달밭마을에서도 엄마는 미르보다, 살림보다, 자신을 가꾸는 것보다 늘 일이 우선이었다.

요즘은 큰 불만 없었는데도 소희 엄마를 보니 비교가 됐다. 엄마뿐 아니라 소희와, 시골 중학교에 다니고 있는 자신과도 견주게 됐다. 뭐니 뭐니 해도 가장 큰 비교 대상은 달밭마을의 소희와 지금의 소희였다. 하지만 도서관 같은 2층 거실을 지나 소희 방으로 간 미르는 비교하기를 포기했다. 그러자 마음이 편해졌다.

"대박! 완전 좋네!"

가구들과 이불, 커튼, 하나같이 고급스럽고 세련돼 보였다.

"그렇지? 난 요새도 자다 깨면 여기가 어디지, 할 때가 있다니까. 편한 옷 줄게."

소희가 남 이야기하듯 하며 파자마를 꺼내 미르에게 준 뒤 자기도 옷을 갈아입었다. 소희 옷을 입으니 윗도리는 원피스 같고 바지는 발등을 덮었다.

"귀엽다. 샤워할래?"

소희가 웃으며 말했다.

"오늘 아침에 하고 왔는데 뭘. 우선 손만 씻을래."

"같이 씻자."

둘은 슬리퍼를 한 짝씩 신고 함께 욕실로 들어갔다. 세면

대 위에 붙은 로맨틱한 거울과 끝이 꼬부라진 짧은 다리가 달린 욕조는 애니메이션에 나오는 공주의 물건 같았다. 미르는 거울에 비친 소희를 훔쳐보았다. 옆에 있는 소희보다 거울 속 소희가 차라리 진짜 같았다. 소희가 갑자기 손에 묻은 물을 미르에게 튀기며 물었다.

"강미르, 솔직하게 말해 봐. 너, 바우랑 사귀지?"

느닷없는 말에 미르는 슬리퍼를 신지 않은 발을 바닥에 디뎠다 다시 깨금발을 했다.

"뭐? 그 답답이랑 내가 미쳤냐?"

소희가 떠난 뒤 미르는 선택적 함구증을 앓고 있는 바우를 돌봐 줘야 한다는 의무감이 생겼다. 하지만 아주 스스럼없는 사이라고 하기에는 애매한 상태에서 중간 역할을 하던 소희가 떠나 버리자 둘은 어정쩡한 사이인 채로 중학생이 되었다.

학교 아이들은 한동네에 살며 바우 아빠 차를 함께 타고 등교하는 미르와 바우를 특별한 사이로 여겼다. 친척으로 알기도 하고 심지어 아주 잠깐이지만 쌍둥이라는 소문까지 돌았다. 성도 다르고, 생김새도 딴판인데 그런 소문이 나다니 어이없었다. 둘 다 아니라는 사실이 밝혀지자 이번에는 사귀는 사이라고 했다. 미르는 처음 만났을 때 잠깐 호감을 가졌던 뒤로는 바우에게 이성의 감정을 느낀 적이 없었다. 그런데도 그 소문은 둘을 더 서먹하게 만들었다. 미르와 바우는 지금도 단둘이보다 누군가 같이 있을 때가 더 편했다.

"바우가 계속 너 신경 쓰는 것 같던데."

소희가 놀리듯 비죽비죽 웃으며 말했다.

"뭔 소리야. 니들이 서로 안 보면 죽고 못 사는 사이였잖아. 오늘도 바우 챙기느라고 나는 안중에도 없더만."

미르는 슬쩍 뒤끝을 보였다.

"그거야 너랑은 오늘 밤 같이 있을 거고 바우랑은 금방 헤어질 거니까 그런 거지. 내가 걔 진짜 동생처럼 생각했던 거 너도 알잖아."

"정말 그것뿐이야?"

"당연하지. 연하남은 내 스타일 아니다."

셋 중에 바우 생일이 가장 늦었다.

"나도 마찬가지거든. 참, 근데 우리 학교에 바우 좋아하는 애 있다. 취향 독특하지?"

그동안은 긴가민가했었는데 확실하다. 연극 동아리 부장인 재이가 뮤지컬이 아닌 허브 농장을 신청한 건 바우 때문이다. 올해부터 3학년 체험 학습이 두 학급뿐인 반별에서 그룹별로 바꾸었다. 덕분에 프로그램이 다양해졌다. 여학생들에게 가장 인기 있는 프로그램은 대학로의 뮤지컬 관람이었다. 남학생들은 목장 체험으로 많이 몰렸는데 그곳에 가면 직접 만든 피자와 치즈를 실컷 먹을 수 있다는 소문 때문이었다. 나머지는 허브 농장, 도자기 공방 등이었다.

늘 서울 살던 때를 그리워하는 미르는 고민 없이 뮤지컬 관람을 택했다. 다시 연락이 닿은 소희와 메신저를 하다 그 이야기를 했는데 만나자고 했다. 당연히 바우도 함께였다. 허브 농장을 신청했던 바우도 뮤지컬 관람으로 바꾸었다. 바우를 따라 허브 농장을 택했던 재이는 닭 쫓던 개꼴이 된 셈이다.

"누군데? 어떤 앤데?"

소희가 궁금해했다. 둘은 침대 위에 올라앉았다.

"류재이라는 앤데, 좀 재수 없는 스타일이야."

1학년 때 서울에서 전학 온 재이는 예전의 미르와 달리 빠르게 많은 걸 얻었다. 인기, 관심, 좋은 성적. 심지어 그 어렵다는 동아리 허가까지 얻어 냈다. 미르는 과장을 조금 섞어 재이 이야기를 했다.

"좀 나대는 성격인가 보네."

소희가 편을 들어주자 신이 났다.

"응, 관종이야."

"바우도 걔가 지 좋아하는 줄 알아?"

"그 답답이가 알겠어. 바우, 옛날에는 걸핏하면 자기 엄마 산소에 가서 앉아 있었잖아. 지금은 식물 키우는 거에 푹 빠져서 맨날 학교 온실에서 살아. 자기네 아빠처럼 농사지으려나 봐."

"원래 식물에 관심이 많아서 식물도감 끼고 살았잖아. 나한테 하늘말나리 그려서 줬던 거 너도 기억나지?"

"응. 그림에 무슨 글귀도 썼었는데. 뭐였지?"

"소희를 닮은 꽃, 자기 자신을 사랑할 줄 아는 꽃. 아, 오글거린다."

소희가 양 손가락을 오므리며 웃었다.

"오글거리면서도 뭔가 좀 그립지 않아? 그땐 나름 순수했던 거 같아."

미르의 표정이 잠시 아련해졌다.

"맞아. 순수했지. 그리고 그땐 인생을 다 아는 것 같았어."

"6학년이면 학교에서 최고 학년이잖아. 그래서 더 다 큰 기분이었던 거 같아."

미르 머릿속에 열세 살의 기억이 스쳐 지나갔다.

"바우가 준 그림이랑 네가 준 다이어리 커버 아직도 갖고 있어."

미르는 그때 쓴 편지가 어렴풋이 떠올랐다.

"아, 그것도 오글거린다. 이제 그때 얘긴 그만하고 남친 이야기나 해 봐."

소희는 한 살 많은 남자 친구가 고등학교에 가면서 헤어진 이야기를 들려주었다.

"헤어지기 전에 어디까지 진도 나갔어?"

미르가 물었다.

"진도라니 무슨 소리야. 나, 모범생이거든. 근데 너 지금까지 남친 한 번도 안 사귀어 봤다는 거 진짜야?"

소희가 물었다.

"사귀고 싶은 애가 있어야지. 초딩들처럼 장난치는 거 보면 한심해."

그러기도 했지만 미르는 누군가를 좋아하는 일이 두려웠다. 이혼한 엄마 아빠도 처음엔 사랑해서 결혼했을 거다. 태몽으로 용꿈을 꾼 다음 사전을 뒤져 가며 '미르'라는 이름을 짓던 부부는 딸이 받을 상처 따위는 아랑곳하지 않고 헤어졌다. 영원한 사랑 맹세 같은 건 모두 거짓이다.

"이런 거?"

소희가 갑자기 베개로 미르를 공격했다. 미르도 베개를 집어 들었다. 둘은 침대를 나와 깔깔 웃으며 서로를 잡으러

다녔다. 예전에 미르 방에서도 이러고 논 적이 있었다. 유치한 것 같은 그 장난이 둘 사이에 놓여 있던 시간을 뭉텅 잘라 냈다. 둘은 노크 소리에 후다닥 베개를 제자리에 놓고 옷매무새를 가다듬었다. 방으로 들어온 소희 엄마가 과일이 맵시 있게 담긴 접시를 작은 탁자 위에 올려놓았다.

"뭐가 그렇게 재밌어? 웃음소리가 아래층에까지 들리네."

"시끄러웠어요? 죄송해요."

꼬박꼬박 존댓말을 쓰는 소희를 보자 미르는 엄마에게 걸핏하면 꽥꽥 고함치는 자신이 떠올랐다. 그건 엄마가 늘 나를 화나게 하기 때문이야.

"시끄럽긴. 웃음소리 들리니까 좋기만 한데."

소희 엄마가 미르를 보며 미소 지었다.

"우진이는요? 자요?"

"벌써 자겠어. 하도 이 방에 오겠다고 해서 게임 시켜 줬더니 신나서 하고 있어."

소희와 같은 음색인데 소희 엄마 목소리가 훨씬 부드럽고 상냥하게 들렸다. 이런 목소리라면 무슨 말을 해도 기꺼이 듣고 싶을 것 같았다.

"우혁이 데리러 갈 시간이잖아요. 우진이 올려 보내세요."

"아니야. 우진이도 데리고 갈 거니까 신경 쓰지 말고 놀아."

"일요일에 실컷 놀아 준다 그러세요."

소희가 방을 나가는 엄마에게 말했다.

소희는 동생들과 친한 듯했다. 엄마가 낳은 애들이라 그런가. 미르에게도 세 살 된 동생, 유니가 있다. 미르는 유니가 싫었지만 괴롭히는 것도 치사한 짓 같아 어쩌다 만나면 남 보듯 했다.

"니네 엄마 꼭 드라마에 나오는 사모님 같아."

방문이 닫힌 뒤 미르가 조그맣게 속삭였다.

"아들 애인한테 물 끼얹고 돈 봉투 던져 주는, 그런 사모님 말이야?"

소희가 웃으며 말했다.

"크크크. 뼛속까지 교양 있고 우아한 사모님. 너희 엄만 화내거나 소리 지를 때 없지?"

"그럴 리가. 우혁이가 게임 많이 하면 얼마나 야단치는데."

소희 엄마는 화도 우아하게 낼 것 같았다.

"우리 엄마가 제발 너희 엄마 10분의 1이라도 닮았으면 좋겠다."

미르가 부러운 듯 말했다. 소희가 포크로 키위를 찍어 미르에게 건넸다.

"난 너희 엄마가 부러운데. 소장님이 내 롤모델이었던 거

모르지?"

미르는 막 입에 넣은 키위를 도로 뱉을 뻔했다. 소희가 엄마를 멋있어하고 좋아했던 건 알고 있었다. 하지만 그저 자기 할머니를 치료해 주기 때문이라고만 여겼다. 그런데 롤 모델씩이라니.

"그럼 너도 간호사 될 거야?"

미르가 키위를 삼킨 뒤 물었다.

"그건 아니지만 삶의 태도랄까 방향성이랄까 그런 걸 닮고 싶었어."

소희 표정은 진지했다.

"초딩 때 그런 생각을 했단 말야?"

"그건 지금 정리한 거고, 그때는 그동안 봐 왔던 아줌마들이랑 다르다. 그래서 멋있다, 정도였을 거야."

소희가 웃으며 말하자 그제야 공감이 갔다. 그때는 엄마에게 도시 물이 남아 있었을 때다. 하지만 달밭마을에서 30년은 산 것 같은 요즘 모습을 보면 그런 마음이 싹 사라질 거다. 미르는 영상 통화라도 해서 환상을 깨 줄까 하다가 참았다. 소희가 자기한테 부러운 게 한 가지라도 있다는 사실이 나쁘지 않았다.

"아빠는 자주 만나?"

소희가 물었다.

"뭐, 일 년에 한두 번 정도."

엄마와 살 때는 자유로운 영혼과 예술 사진을 고집했던 아빠가 재혼하고는 베이비 스튜디오를 차려 개미처럼 일하고 있다. 미르와 엄마가 아니라 새 가족을 위해서. 이제 아빠 딸은 자신이 아니라 유니다.

"너는 동생들 예뻐하는 것 같네. 난 아빠를 빼앗아 간 거 같아서 막 밉고 싫거든. 넌 그럴 때 없어?"

미르는 마음을 털어놓았다. 엄마에게는 말한 적 있지만 다른 사람에게는 처음이었다. 소희가 잠시 침묵하다 대답했다.

"왜 없겠어. 그런데 어떤 감정이든지 순도 백 퍼인 건 없는 것 같아. 진짜가 삼십 퍼센트라면 나머지는 예의나 노력, 연민, 기타 등등으로 채우는 거지."

소희 휴대폰 벨이 울렸다. 미르가 받으라고 했다.

"네, 그 시간이 괜찮아요. 그때 오늘 것까지 해요. 네, 네. 미리 예습해 놓을게요."

소희는 전화를 끊은 뒤 휴대폰에 뭔가를 메모했다.

"오늘 다른 약속 있었던 거야?"

미르가 물었다.

"응, 원래 금요일 이 시간에 과외하거든. 오늘은 너희들 만나려고 시간을 뺐어."

"과외도 해?"

"특목고 준비하려면 어쩔 수 없어. 오늘도 중간고사 끝났으니까 너희들 만난 거지 시험 전이었음 못 만났을 거야."

"특목고? 어디?"

소희가 말한 외고 이름에 미르는 깜짝 놀랐다. 초등학교 때 성적이 좋긴 했지만 그때는 미르도 뒤지지 않았다. 그런데 이제 자신은 3학년 전체 67명 중에서도 10등 안에 못 드는데, 소희는 전국의 최상위권 아이들이나 갈 수 있다는 특목고를 준비하고 있다. 집이나 엄마를 두고 비교했을 때와는 차원이 다른 열패감이 밀려왔다.

"근데 아마 안 될 거야. 다른 애들은 워낙 일찍부터 준비하니까. 넌? 그냥 시내 고등학교에 갈 거야? 집에서 다닐 수 있나?"

어쩌면 예의상 물었을지 모를 그 말이 애써 덮어 두고 있던 미르의 뱃속을 뒤집었다. 미르는 빈정이 확 상했다. 자기보다 달밭마을에 더 오래 살았고, 그때 어떻게 지냈는지 다 아는데 소희는 태생부터 서울의 부잣집 아이였던 것처럼 굴고 있다.

"첫 차 일찍부터 있는 거 너도 알잖아. 그거 타고 다니면 돼. 근데 나는 서울로 오게 될지도 모르겠어. 예고에 진학할까 고민 중이거든. 뮤지컬 배우가 되고 싶어."

특목고를 준비하고 있는 소희한테 아무 생각 없이 사는 모습을 보여 주기 싫었다. 그래서 한 말이지만 미르는 자기 입에서 흘러나오는 단어들에 놀랐다. 예고는 뭐고 뮤지컬 배우는 또 뭐야. 오늘 공연을 보는 내내 홀린 듯한 기분이긴 했지만 – 그건 같이 본 애들도 다 그랬을 거다. – 뮤지컬 배우를 꿈꾸었던 적은 한 번도 없었다. 솔직하게 말하면 제대로 된 뮤지컬을 본 것도 오늘이 처음이다. 자기가 내뱉은 말에 놀란 미르의 심장이 두근댔다.

"정말? 그러니까 너 학예회 합창 때 솔로 파트 맡았던 거 생각난다. 선생님이 노래 잘한다고 칭찬했잖아."

소희가 미르도 잊고 있던 기억을 끄집어냈다.

"그랬나? 근데 뮤지컬 배우는 노래뿐 아니라 연기까지 해야 하니까."

미르는 노래는 잘하는데 연기가 어색했던 아이돌 가수를 떠올리며 뭘 좀 아는 것처럼 말했다.

"얼마 전에 〈노트르담 드 파리〉 봤는데 정말 감동적이었어. 너 나중에 뮤지컬 배우 되면 진짜 좋겠다. 꼭 예고 붙어서 서울로 와. 그럼 더 자주 만날 수 있잖아."

소희가 의심 없이 받아들이자 미르는 스스로 판 함정에 빠진 기분이 되었다. 그런데도 일반 고등학교에 간다는 것보다는 예고 입시생이 더 멋있어 보였다. 어쩌면 자신도 미처 모르는 재능이 숨겨져 있을지 모른다는 생각까지 들었다. 그 사실을 깨닫지 못하는 게 너무 안타까운 나머지 신이 특별히 이런 계기를 마련한 걸 수도 있다. 정말 그랬으면 좋겠다는 열망이 다음과 같이 말하게 만들었다.

"응, 꼭 뮤지컬 배우가 될 거야!"

비밀 정원

바우는 학교가 있는 면소재지에서 버스를 내렸다. 밤 11시가 넘은 시간이라 달밭마을로 가는 버스는 끊겼다. 바우는 서울에서 출발할 때부터 작정한 대로 집을 향해 걷기 시작했다. 늦은 밤이라 조금 무섭기는 했지만 아빠를 깨우고 싶지 않았다. 아빠는 바우가 할머니 댁에서 자고 오는 걸로 알고 있었다.

소희를 만난 건 더할 나위 없이 좋았다. 서울 한복판에서 소희를 만나는 게 신기했고, 소희가 편안해 보여서 마음이 놓였다. 하지만 복잡하고 정신없는 도시는 견디기 힘들었다. 산소가 부족한 것처럼 갑갑했다. 얼른 달밭마을로 돌아가 산소를 채우고 싶었다.

소희, 미르와 헤어져 엄마 본가로 가던 바우는 고속버스 터미널 역에서 충동적으로 지하철을 내렸다. 이 상태론 할머니의 감정을 받아 줄 자신이 없었다. 막내딸을 향한 할머니의 애달픔과 그리움은 세월이 흘러도 무뎌지거나 바래지 않았다. 반면에 바우는 엄마에 대한 기억과 감정이 희미해져 가고 있었다. 상담 선생님은 청소년기가 되면 부모 품을 벗어나는 게 순리이며, 엄마 기억이 흐릿해지는 것도 당연한 일이라고 했다. 오히려 그동안 돌아가신 엄마에게 계속 집착한 게 더 문제였다고까지 했다. 그런데도 할머니와 있으면 엄마를 잊어 가는 게 배덕한 일로 여겨졌다. 서운해하던 할머니 목소리가 마음에 걸렸지만 그냥 돌아온 게 후회되지는 않았다.

면내에서 집까지 지름길로 사십 분 정도 걸렸다. 여름이 온 것처럼 덥던 낮과 달리 선선한 기온이 걷기에 딱 좋았다. 면소재지를 벗어나자 마치 보이지 않는 경계선이라도 있는 듯 시야가 어두워졌다. 가로등 불빛이 미치지 못하는 공간을 달빛이 가득 채웠다. 논밭 한가운데 생뚱맞게 서 있는 공장 건물이나 지저분한 축사, 허름한 창고들까지도 달빛 아래서는 신비로운 구조물로 바뀌었다.

바우는 삼라만상이 뿜어내는 생명의 기운을 느끼며 한 걸음 한 걸음 걸어 느티나무 아래에 도착했다. 나무는 오백 살인데도 청년처럼 푸르렀다. 나무 왼쪽엔 진료소가 있고 큰길에서 갈라진 비탈길을 내려가면 마을이다.

바우는 널따랗게 펼쳐진 나무 그림자를 밟으며 마을 길로 들어섰다. 걸음이 빨라졌다. 길가 집에서 개가 컹컹 짖었다. 산자락으로 이어지는 언덕배기에 있는 집에 가려면 소희네 집을 지나쳐야 했다. 소희네 집에 가까워지자 마음이 더 급해졌다. 소희네 집 앞에서 걸음을 멈춘 바우는 철 대문 문고리를 묶어 놓은 끈을 풀고 마당으로 들어섰다. 소희 할머니가 좋아했던 하얀색 불두화가 등불처럼 훤했다. 바우는 서울 가느라 바빴던 오늘 아침에도 이곳에 들러 잡초를 뽑았다. 예전에 들꽃을 캐다 심을 때 따라온 도꼬마리와 진득찰 같은 풀들이 아직도 끈질기게 새싹을 틔웠다.

소희가 떠났던 봄, 빈집이라는 사실을 안 잡초들이 영토 전쟁이라도 벌이듯 기승을 부렸다. 여름이 되기 전에 소희네 집 마당은 풀로 뒤덮였다. 소희의 빈자리로 마음이 텅 빈 것처럼 허전하던 바우는 소희네 집을 드나들기 시작했다. 소희가 자신을 돌봐 주었던 것처럼 바우는 소희네 집을 돌보았다. 그리고 세상에 없는 엄마 대신 식물에 마음을 쏟기 시작했다.

1학년을 마친 겨울 방학, 바우는 엄마 본가에 갔다가 사촌 누나가 놓고 간 잡지를 우연히 보게 되었다. 할머니와의 대화를 피하기 위한 방편으로 대충 넘겨보던 바우의 눈이 커졌다. 멋진 정원 사진들 때문이었다. 영국의 한 노부부가 평생을 들여 가꾸었다는 정원은 바우의 눈과 마음을 사로잡았다. 꽃향기가 책 밖으로까지 전해지는 것 같았고, 소희네 마당을 그렇게 만들고 싶었다. 그러자면 원예에 관한 지식이 필요했다. 아빠는 사람이 먹는 쌀이나 밭작물은 잘 알았지만 꽃이나 나무 같은 식물은 아는 것도 관심도 없었다. 바우도 꽃이나 나무는 들판이나 길섶, 논둑길, 산자락에 저절로 나고 자란다고 생각했으니 아빠를 탓할 수 없었다.

겨울 방학 내내 인터넷과 책을 찾아보던 바우는 2학년이 되자 특별 활동 부서로 원예부를 택했다. 거기서 현규와 가까워졌다. 쾌활하고 떠들기 좋아하는 현규와 있으면 말을 아주 조금만 해도 상대를 답답하게 만들지 않아서 좋았다. 원예부 활동으로 온실에 드나들기 시작하면서 학교 아저씨와도 친해졌다. 학교 식물과 화단 관리는 물론 시설 관리, 청소까지 도맡아 하는 아저씨는 농고 출신으로 식물에 관해 아는 게 많았다. 바우는 아저씨를 도와주며 원예 지식도 얻고, 꽃모종과 씨앗, 알뿌리 등을 얻어다 소희네 집에 심었다.

소희네 작은아빠에게 허락을 받은 터라 마음대로 할 수 있었다.

그런데 올해부터 특별 활동 부서에서 원예반이 사라졌다. 평소에도 논밭이나 과수원 속에서 사는 아이들이니만큼 원예보다는 좀 더 학습에 도움이 되거나 흥미 있는 것으로 바꾸기를 희망하는 학부모 운영위원회의 건의가 수용되었기 때문이다. 바우는 그다지 아쉽지 않았다. 바우가 식물에 대해 배운 게 있다면 원예부가 아니라 인터넷과 학교 아저씨한테서였다.

봄이 되면서부터 바우는 더 자주, 오래 소희네 집에서 시간을 보냈다. 마당을 가꾸는 일이 처음엔 달밭마을을 그리워할 소희를 위한 일이라고 생각했는데 언젠가부터 바우가 가장 좋아하는 일이 되었다. 부드러운 흙은 아무리 만져도 싫증 나지 않았다. 퀴퀴한 듯한 특유의 냄새도 마찬가지였다. 그리고 그 흙에 식물을 키우는 게 정말 좋았다. 바우는 새로운 환경이나 낯선 곳에 가면 마음부터 움츠러들었다. 하지만 식물들은 그곳이 어디든 힘을 다해 뿌리 내리고 새싹을 틔웠다. 그 모습을 볼 때마다 바우는 그 생명들의 조력자가 된 것 같아 기뻤다.

앞마당은 소희네가 살던 때와 많이 달라지지 않았지만 뒤

란은 바우에 의해 새롭게 변하고 있었다. 바우는 사람들 눈에 잘 띄지 않는 그곳에 자신만의 왕국을 건설한 듯 뿌듯했다. 책에서 사람들이 정원에 이름을 붙이는 걸 보고는 '비밀 정원'이라고 이름도 지었다. 바우는 비밀 정원에서 뿜어져 나오는 생명의 기운으로 가슴을 가득 채운 채 집으로 갔다.

바우는 트랙터 소리에 눈을 떴다. 침대에서 나와 밖을 내다보던 바우 얼굴이 일그러졌다. 마당 가장자리에 만들어 놓은 화단이 트랙터 바퀴에 짓밟혀 엉망이 되어 있었다. 작년 가을 바우는 화단에 꽃양귀비 씨앗을 색깔별로 파종했다. 꽃 모양은 단순했지만 색이 선명하고 화려해 매혹적이었다. 옮겨 심으면 잘 못 산다는 설명에 좁쌀보다 작은 씨앗들을 직접 땅에 뿌렸다. 실처럼 가는 새싹들이 고개를 내밀었을 때 바우는 세상을 얻은 듯 기뻤다. 겨우내 싹이 얼까 봐 비닐을 씌워 줘 가며 공들인 끝에 4월부터 주황색과 빨간색 꽃이 피어났다. 꽃 몇 송이로 을씨년스럽던 마당이 화사해졌다.

가을에 꽃이 지면 씨앗을 받아 집으로 올라오는 비탈에 뿌릴 계획이었다. 잡풀이 우거졌던 비탈이 그림 속 풍경처럼 꽃양귀비 언덕으로 바뀔 걸 생각하면 가슴이 벅찼다. 그런데 그 꽃들이 무지막지한 트랙터 바퀴에 짓이겨졌다.

이런 일이 처음은 아니다. 마을 회관 앞 화단에 모종한 꽃을 개들이 망쳐 놓은 적도 있고, 마을 빈 터마다 파종한 화초 새싹을 염소가 다 뜯어 먹기도 했다. 바우는 그때도 속상했지만 마당에서 일이 벌어진 이번만큼은 아니었다. 아빠는 달밭마을에서 농기계를 가장 잘 다루는 사람이다. 조금만 주의했어도 됐을 텐데 아빠에겐 아들이 키우는 꽃들이 조금도 소중하지 않다는 의미였다. 처음엔 실수일 거라고 여겼는데 점점 고의라는 생각이 들었다. 트랙터가 화단이 아니라 가슴 위를 지나간 것 같았다.

아빠는 소희네 집에 드나드는 바우를 못마땅해했다. 친구들과 몰려다니며 말썽을 부리더라도 화초나 들여다보고 있는 것보다 낫다고 생각했다. 바우가 그 시간 동안 얼마나 평온하고 행복하며 자유로운지는 알려고 하지 않았다.

낮꿈

"나, 예고 갈 거야."

미르가 젓가락으로 계란말이를 쿡 찍어 입에 넣으며 말했다. 계란말이는 일요일이라 여유가 생긴 엄마가 할 수 있는 최고의 반찬이다. 평소에는 볶음밥이나 비빔밥 같은 일품요리 위주였다. 바빠서라고 핑계를 대지만 시간이 아무리 주어져도 엄마는 소희 엄마처럼 하지 못할 게 뻔했다.

미르는 식탁 위의 변치 않는 3종 세트 반찬인 멸치볶음, 우엉조림, 콩자반을 노려보았다. 엄마는 필수 영양소가 다 들어 있다며 그 반찬들을 강제로 먹게 했다.

소희네 다이닝룸이 떠올랐다. 정갈한 흰 식탁보 위의 그릇들은 소희 엄마처럼 우아하고 고급스러웠다. 보기만 해도 건강해질 것 같은 싱싱한 과일들, 직접 만든 드레싱을 뿌린 샐러드, 버터 발라 구운 빵, 블루베리 잼과 딸기 잼, 목장에서 갓 짜 온 것처럼 신선하고 고소한 우유, 알갱이가 씹히는 새콤달콤한 오렌지주스. 금방 갈아 내린 커피 향은 또 얼마나 좋았던가. 미르는 소희네 집에 다녀온 일이 꿈같았다.

엄마는 능력 있고 친절한 진료소 소장일지 모르지만 주부나 엄마로서는 빵점이다. 엄마가 미르 6학년 때 "엄마이기 전에 한 여자로, 인간으로 이해받고 싶다."는 말을 한 적이 있었다. 미르는 그때 엄마가 자기를 어른 대우해 준다고 좋아하며 엄마를 이해하려고 애쓰기도 했다. 그런데 지금 생각하니 부모의 이혼과 갑작스러운 이사로 가뜩이나 힘든 열세 살짜리한테 그런 요구를 하는 것 자체가 잘못이라는 생각이 들었다.

"예고? 뭐, 또 체험 학습 같은 거 가? 언제?"

엄마는 미르 말보다 나물 무침에서 뭔가를 골라내는 데 더 집중하고 있었다. 동네 할머니나 아주머니들이 가져다준 이름도 모르는 나물이다. 딸의 미래에 나물만큼도 관심을 안 보이는 엄마에게 화가 치밀었다. 또 소희 엄마와 비교가 됐다. 소희 엄마는 외고 입시를 소희보다 더 잘 알았고 필요한 부분을 미리미리 알아서 챙겨 준다고 했다.

"아, 진짜! 고등학교를 예고로 간다고."

미르가 버럭 소리를 질렀다.

"뭐? 갑자기 그게 무슨 소리야?"

나물에서 마른풀 쪼가리를 골라내 식탁 위에 놓은 엄마가 그제야 미르를 바라보았다. 이런 말귀 안 통하는 아줌마를 두고 롤모델이라니. 소희도 눈이 삐었지.

"나, 나중에 뮤지컬 배우 될 거야."

인상을 쓴 채 엄마를 보던 미르는 그 말을 할 때 슬쩍 시선을 떨어뜨렸다.

"뮤지컬 배우?"

엄마가 뜨악한 얼굴로 물었다. 미르는 "응." 하며 고개까지 끄덕였다. 소희에게 지기 싫어 얼결에 말했던 것치고는 결연한 표정이었다. 살피듯 미르 얼굴을 바라보던 엄마가 뭔지 알았다는 듯 픽 웃었다.

"너, 뮤지컬 공연 보고 이러는 모양인데 꿈 깨셔. 배우는 아무나 되니? 게다가 뮤지컬이면 노래, 연기 다 잘해야 할 텐데 너한테 그런 재능이 있다고 생각해? 쓸데없는 생각 하지 말고 공부나 해."

뭐, 패션 디자이너가 되겠다고 한 적도 있고, 파티쉐가 되고 싶었던 적도 있고, 마술사가 될 거라며 학원에 보내 달라고 조른 적도 있긴 하다.

"이번엔 진짜야. 나 6학년 때 합창 대회에서 솔로 파트 했던 거 생각 안 나? 노래방 가도 나만 백 점 나올 때 많단 말이야."

"그렇다 쳐도 예고 가려면 미리 준비했어야 하는 거 아냐? 벌써 5월도 다 갔는데."

엄마 계산법은 고무줄이다. 엄마 편의나 필요에 의해서 똑같은 시간도 일렀다 늦었다 한다.

"뭐가 다 가? 이제 12일이구만. 지금부터 하면 되잖아. 나, 학원 다니고 싶어."

엄마가 미르 말에 난감한 표정을 지었다.

"면에 그런 학원이 있어?"

"당연히 없지. 시내로 다녀야 돼."

어제 서울에서 오자마자 폭풍 검색을 해 본 끝에 도청 소재지인 시내에 뮤지컬 전문 학원이 있다는 걸 알아냈다. 홈페이지에 들어가자 유명한 예고 뮤지컬과에 한 명 합격했다는 팝업 창이 떴다. 도내에 하나 있는 예고에는 뮤지컬과가 없었다. 미르는 전국의 예고들을 찾아봤지만 뮤지컬과가 있는 학교는 생각보다 많지 않았다. 연극영화과에서 뮤지컬을 가르치는 경우가 많았는데 그 과는 말만 들어도 왠지 주눅

이 드는 기분이었다. 뮤지컬과가 있는 학교들 중에서도 서울은 자신 없고 수도권에 있는 예고가 눈에 띄었다. 홈페이지를 보니 기숙사 시설도 좋고, 교복도 예쁘고, 대학 진학률도 높고, 활발하게 활동하는 졸업생도 많았다. 무엇보다 달밭마을을 보란 듯이 떠나 기숙 학교에 입학하는 게 폼 나 보였다. 그 학교에 들어가면 소희에게 꿀릴 게 없다. 설령 떨어진다고 해도 미르에겐 시도 자체가 중요했다. 소희에게 순전히 허풍 떤 걸로 보이고 싶지 않았다.

"여기서 어떻게 다니려고?"

엄마가 심란한 얼굴을 했다.

"다닐 수 있어."

학교 앞에서 시내로 다니는 버스는 30여 분마다 있으니 가는 건 걱정할 필요가 없다. 집에 올 때가 문제인데 다행히 학원이 버스 정류장과 멀지 않았고, 학원 수업 끝나는 시간과 막차 시간도 얼추 맞았다. 미르의 설명에 엄마 표정이 더 어두워졌다.

"학원비가 만만치 않을 건데. 예고 수업료도 비쌀 테고."

미르는 울컥 짜증이 났다.

"그런 이야길 왜 나한테 해? 부모라면 당연히 자식이 하겠다는 거 지원해 줘야 하는 거 아냐?"

소희 엄마는 소희가 학원에 다닌다고 했는데도 피곤하고 능률 안 오른다며 돈은 신경 쓰지 말고 과외를 하라고 했단다. 그런데 엄마는 날마다 돈타령이다. 심지어는 진료소 예산 부족 걱정까지 미르에게 해 댄다. 엄마는 쏘아붙이는 미르를 잠시 바라보다 한숨을 내쉬었다.

"너는 사춘기가 길기도 하다."

타령하는 게 또 하나 있다. 사춘기 타령.

"짜증 나. 완전 짜증 나!"

미르는 숟가락을 소리 나게 놓고 일어섰다.

제라늄

주말 호우 예보에 바우는 하교하기 전 학교 온실에 들렀다. 아저씨는 가을 축제 때 국화 화분으로 교정을 꾸미겠다며 모종을 키우는 중이다. 차광막을 치고 옆구리의 비닐을 걷어 올렸어도 온실은 밖보다 많이 더웠다. 오늘은 잔뜩 낀 구름이 평소보다 온도를 낮추는데도 밖보다 후덥지근한 건 여전했다. 바우는 온실 한구석에 놓인 제라늄 삽목 화분을 살폈다. 아저씨에게 빈 화분을 얻어 줄기 꺾꽂이 열 개를 했는데 네 개는 죽었고 여섯 개는 아직 살아 있었다.

"여기 있을 줄 알았어."

갑자기 들려온 재이 목소리에 바우는 깜짝 놀라 일어섰다. 바우는 재이의 반짝이는 입술로 눈이 가 얼른 시선을 떨구었다.

"재이가 너를 좋아한다에 손모가지 건다. 걔 성격이면 고백도 먼저 할걸."

현규가 했던 말이 컴퓨터 자판 두드리듯 가슴을 두드렸다.

재이는 중학교 입학식 다음 날 서울에서 전학 온 아이였다. 70여 년의 역사를 지닌 학교는 이제 한 학년에 두 학급씩, 전교생이 150명도 안 되는 작은 학교가 되었다. 농촌에 아이들이 없는 데다 그마저도 주민등록을 옮기면서까지 시내 학교로 진학을 하는 경우가 많았기 때문이다. 다들 도시 학교로 가지 못해 안달인데 아빠의 전근 같은 뚜렷한 사유가 없는 재이의 전학은 당연히 화제가 되었다.

재이네 아빠가 사업에 실패했다는 이야기부터, 재이 엄마가 심각한 병에 걸렸다는 소문까지 돌았다. 그런데다 재이가 급식 대신 도시락을 싸 가지고 다녀 더 시선을 끌었다. 하지만 곧 재이 자매의 아토피성 피부염 때문에 전학 왔다는 사실이 밝혀졌다. 그때 바우는 아토피가 뭔지 몰라 인터넷 검색을 해 보았다. 피부염의 일종으로 몹시 가려우며 외관상 보기도 흉해 엄청나게 고통스러운 병이라고 했다. 그 때문에 자살한 기사까지 있었다.

바우는 재이가 더 안됐다는 생각이 들었다. 하복을 입게 됐을 때 팔뚝과 정강이에 난 아토피 상처를 보며 바우는 재이의 고통을 혼자 짐작해 보곤 했다. 많이 힘들 텐데 늘 밝은 모습인 게 놀라웠다.

"맨날 여기서 이러고 있으니 애들이 영감이라고 놀리지."

재이가 웃으며 말했다. 바우 얼굴이 붉어진 건 현규 말이 생각나서인데 재이는 자기 말 때문인 줄 알고 허둥지둥 덧붙였다.

"그래서 싫다는 건 아냐. 아니, 별명이…… 그게 아니고 맨날 여기서……."

재이도 얼굴이 빨개진 채 횡설수설했다. 바우는 머릿속 가득한 현규 말을 지워 버리려고 애썼다.

"이게 뭔데 그렇게 들여다보고 있는 거야?"

재이가 화분으로 화제를 돌렸다. 바우는 화분 앞에 앉은 재이를 따라 엉거주춤 다시 앉았다. 왜 왔지? 혹시 정말 고백하려고? 가슴이 두근댔다.

"제라늄."

바우는 긴장한 채 겨우 대답했다.

"제라늄? 제라늄이 이렇게 생겼어?"

재이의 호들갑스러운 반응에 바우는 어리둥절했다.

"줄기야."

"왜 이렇게 해 놓은 건데?"

"번식시키려고."

바우는 '번식'이라고 말할 때 생각지도 않게 '짝짓기' 같은 단어가 함께 떠올라 부끄러워졌다.

"정말? 완전한 모습은 어떻게 생겼어?"

재이가 눈을 동그랗게 뜨며 물었다. 책도 많이 읽고 공부 시간에 대답도 잘하는 재이가 제라늄을 모르다니. 바우는 혹시 놀리는 건가 싶어 재이를 바라보았다. 하지만 정말 궁금해하는 얼굴이었다. 바우는 휴대폰에서 제라늄 사진을 찾아 보여 주었다. 생각해 보니 자신도 원예에 관심을 갖기 전에는 몰랐다. 세상 모든 건 관심을 갖는 순간부터 새로운 의미를 지닌 존재가 된다. 옆에 앉아 있는 재이도 아까 교실에서 본 재이와 달라 보였다. 아니, 그렇다고 관심이 있다는 이야기는 아니고. 바우는 저 혼자 허둥거렸다.

"어? 이 꽃, 중앙 현관 쪽 큰 화분에 있는 거잖아. 맨날 보면서도 그게 제라늄인지 몰랐네. 이것도 자라면 이렇게 되는 거야?"

재이가 삽목 화분을 가리키며 물었다. 바우는 고개를 끄덕였다.

"아, 이게 과학 시간에 배운 줄기 꺾꽂이구나. 맞지?"

바우는 또 고개를 끄덕였다. 재이가 선뜻 고백하기 어려워 뜸을 들이는 것 같았다. 만일 고백하면 뭐라고 하지?

"근데 이렇게 번식시켜서 뭐 할 건데?"

"그냥……."

"신기하다. 정말 여기 새싹이 나! 귀여워."

원래 붙어 있던 거지만 바우는 재이를 무안하게 만들고 싶지 않아 가만히 있었다.

"근데 너 대단하다. 전문가 같아."

재이가 새삼스러운 눈길로 바우를 보았다. 재이 눈길이 닿는 부분이 뜨거워졌다.

"다 크면 어떻게 할 거야? 나, 하나만 주면 안 돼?"

바우는 재이 말이 끝나기도 전에 "줄게." 하고 대답했다.

"외국 소설 읽으면 제라늄이란 꽃이 많이 나오잖아. 그래서 나는 멍청하게 제라늄이 외국에 가야 볼 수 있는 꽃인 줄 알았어."

하나도 안 멍청해 보였다. 읽은 소설이 별로 없는 바우는 재이가 온실로 찾아온 이유가 더 신경 쓰였다. 재이도 그제야 생각난 듯 '아참.' 하면서 바우를 보았다.

"송바우. 부탁 있는데 들어줄래?"

심장이 툭, 하고 떨어졌다.

"뭐, 뭔데?"

"동아리 발표회 때 연극 공연하는 것 좀 도와줘."

짐작과는 전혀 다른 말에 허탈감과 창피함이 동시에 밀려왔다. 동아리 발표회는 기말고사가 끝난 뒤에 있다. 상이 걸린 것도 아닌데 연극, 힙합, 마술 등 활성화된 동아리 아이들은 자존심을 걸고 열성적으로 임했다.

"무대가 숲인데 그려서 만든 배경 말고 진짜 식물들로 생동감 넘치게 꾸미고 싶거든. 너라면 할 수 있을 것 같아서 부탁하는 거야. 중학교에선 마지막이라 잘해 보고 싶어서 그러니까 꼭 좀 도와줘."

"어떤 연극인데?"

바우는 차마 재이를 마주 볼 수 없었다.

"셰익스피어의 〈한여름 밤의 꿈〉 알지? 내가 각색을 좀 했는데 숲을 배경으로 하는 건 그대로 가려고."

〈한여름 밤의 꿈〉이 셰익스피어의 5대 희극 중 하나라는 사실밖에 모르는 바우는 숲이라는 말에 뒷산을 떠올렸다. 엄마 산소와 이어진 뒷산 숲은 바우가 소희네 집 마당을 가꾸기 전에 자주 가던 곳이다. 진초록의 무성한 잎과 그 사이로 비치는 햇살. 여기저기 피어난 꽃, 굵은 나무둥치와 이끼 낀 돌, 나무둥치를 감고 올라가는 넝쿨 식물, 도랑가의 양치

류, 썩은 나뭇잎과 피어나는 나뭇잎의 향기가 뒤섞인 냄새, 바람……. 그곳에서 바우는 아무것도 하지 않은 채 한참씩 앉아 있곤 했다. 비밀 정원에 빠져 오랫동안 가지 않았던 숲의 모든 것이 문득 그리워졌다. 재이가 기대에 찬 얼굴로 말했다.

"도와줄 거지? 너는 아이디어만 내도 돼. 직접 뛰는 건 부원들 시키면 되니까. 도와줘, 응?"

바우는 재이의 간절한 부탁을 차마 거절할 수 없었다. 고개를 끄덕이자 재이가 벌떡 일어나서 환호성을 질렀다.

"고마워, 정말 고마워! 거절할까 봐 걱정했거든. 극본 마지막 수정 중인데 다 되면 보여 줄게."

"그런데 연극은 무대가 바뀌는 거 아니야?"

바우는 얼마 전 봤던 뮤지컬을 떠올리며 말했다. 작년 발표회 때 재이네가 했던 공연은 기억나지 않았다.

"단막극이라 무대가 크게 바뀌는 건 없어. 간이 탁자하고 의자가 있는 무대랑 숲이 전부인데 이번 연극에선 숲이 제일 중요해."

하겠다고는 했지만 바우 얼굴에 걱정이 가득했다. 표정을 읽은 재이가 말했다.

"걱정하지 마. 넌 잘할 거야. 우리 학교 애들 중 너만큼 꽃이나 식물을 잘 아는 애는 없잖아. 애들한테 빨리 알려야겠다! 고마워."

재이가 전화를 걸며 온실 밖으로 뛰어나갔다.

"됐어! 송바우가 해 준대. 애들 다 모이라고 해!"

흥분한 목소리가 멀어졌다. 바우는 땅바닥에 털썩 주저앉았다. 땅강아지가 돼 부엽토 속으로 사라지고 싶었다. 재이가 고백하러 온 줄 알고 혼자 김칫국을 마신 게 너무 창피했다. 바우는 기억을 캐내기라도 하듯 모종삽으로 땅을 파헤치며 김칫국을 마시게 만든 일들을 떠올려 보았다. 현규 말뿐이었으면 착각하지 않았을 거다.

체험 학습을 다녀온 다음 월요일이었다. 체육 시간이 끝나고 운동장 수돗가로 갔는데 재이가 뒤에 와 섰다. 차례를 양보한 바우는 잠시 뒤 옆자리가 비어 손을 씻기 시작했다. 바우보다 먼저 씻기 시작했는데도 재이는 계속 손을 헹구고 있었다. 바우는 아토피 피부는 무척 예민하다더니 손도 철저하게 씻는구나, 하고 생각했다.

그런데 재이가 "송바우, 너 때문에 허브 농장 간 건데 갑자기 바꾸고 뭐야."라고 말했다. 농담이라기엔 표정이 진지했고 진담이라고 하기엔 목소리에 장난기가 배어 있었다. 바우가 미처 반응을 보일 새도 없이 재이는 뛰어가 버렸다.

바우는 얼떨떨해져 재이의 뒷모습을 바라보았다. '너 때문에'라는 말이 귀에 꽂혔다. 그 말은 헛소리라고 흘려들었던 현규의 말에 힘을 실어 주었고, 그 뒤로 재이가 자꾸 눈에 띄었다. 그리고 온실에서 재이를 보는 순간 고백하러 온 걸로 여겼던 거다.

이제 보니 연극 무대를 부탁하기 위해 바우 주위를 맴돌았던 거였다. 허브 농장을 신청했던 것도 같은 이유였을 거다. 내가 착각한 걸 알면 재이는 얼마나 어이없을까. 기분 나빠 부탁도 하지 않았을 거다. 바우는 미안함을 덜기 위해서라도 최선을 다해 돕겠다고 마음먹었다. 그런데도 뭔지 모를 아쉬움과 서운함이 사라지지 않았다. 나중에 제라늄을 달라는 말도 그저 인사에 불과했던 걸까?

바우는 아직은 막대기에 더 가까운 제라늄 줄기를 바라보았다.

오디션

미르는 학원에 다니기 시작한 걸 소희에게 가장 먼저 알렸다. 소희는 방송연예과에 진학하려고 준비 중인 반 친구도 TV 오디션 프로그램에 나갔었다며 경력을 쌓을 것을 권했다. 하지만 엄마는 미르의 급조된 듯한 꿈에 여전히 반신반의하는 눈치였다.

"네가 그렇게 해 보고 싶다니까 정말 자기 길인지 아닌지 알아보라고 보내 주는 거야. 방학할 때까지 다녀 보고 아니다 싶으면 마음 접고 공부하는 거다. 계속 이 성적이면 네가 그렇게 좋아하는 서울에 있는 대학은 꿈도 못 꿔."

"아직 중딩인데 왜 자꾸 대학 얘긴 하는 거야."

미르가 불만 섞인 대꾸를 했다. 엄마가 성적 가지고 닦달

하는 건 아빠를 의식해서이다.

중학교 1학년 말 아빠한테서 보고 싶다는 연락이 왔다. 그때까지 미르는 아빠 보기를 거부하고 있었다.

"대학 갈 때까지 아빠를 만나지 말라고 한 건 엄마가 잘못 생각한 것 같아. 이번 방학 때 가서 아빠 만나고 와."

"싫어. 아빠 밉다니까."

미르는 다른 여자의 남편이 된 아빠를 절대 용서할 수 없었다. 딸을 영원히 못 보게 하는 걸로 벌주고 싶었다.

"좋아하니까 밉기도 한 거야. 아빠를 좋아할 때 만나서 미운 것도 풀어. 너는 아직 부모 사랑을 고루 받으며 성장해야 할 땐데 아빠랑 남이 돼서는 안 되잖아. 아빠가 없다면 몰라도 있는데 안 만나면서 미움을 키우는 건 바람직한 일이 아닌 것 같아."

"엄마는 아빠 안 미워? 딴 여자랑 사는 거 약 오르지도 않냐고!"

미르는 엄마를 이해할 수 없었다.

"아무 감정이 없는데 그럴 게 뭐 있어? 엄만 아무렇지도 않아. 맞지 않는 나랑 사느라 네 아빠도 힘들었을 텐데 잘 살길 빌 뿐이야."

외국 영화에 나오는 여자처럼 쿨한 척했던 엄마는 미르가 아빠 집에 다녀오자 엄청나게 질문을 퍼부었다. 미르는 그런 엄마가 귀여우면서도 안돼 보였다. 미르는 생각했던 것보다 아빠가 밉지 않았고 아빠의 새 부인과도 나쁘지 않게 지낸 게 미안해 굳이 마음에 안 들었던 것들만 들춰내는 배려를 발휘했다.

“그건 네가 이해해야 돼. 아빠도 사정이 있겠지.”

“전 부인 자식이 뭐 그리 예쁘겠니. 그만하면 괜찮은 사람이야.”

오히려 미르를 이해시키던 엄마는 아빠가 시골에서 학교 다니는 미르의 장래를 걱정한다는 소리에 갑자기 폭발했다.

엄마는 아빠에게 전화 걸어 애한테 자기 사는 곳에 대해 그렇게 부정적인 인식을 심어 줄 거면 다시는 안 보낸다고 으름장을 놓았다. 그래 놓고선 다음부터 대학 이야기를 하며 미르를 채근하기 시작했다. 뒷바라지도 제대로 안 해 주면서 오로지 딸의 노력에 기대 전남편에게 큰소리치려는 거다. 그러면서 딸이 드디어 새로운 꿈을 찾았는데 같이 흥분해 주지는 못할망정 찬물을 들이붓는 엄마가 야속했다.

“중딩이 고등학생 되고 대학생 되는 거지, 대학생은 뭐 갑자기 하늘에서 떨어지는 거라니. 아무튼 학원 다니면서 적성에 맞는지 신중하게 고민해 봐.”

"엄마는 왜 그렇게 딸을 못 믿어? 적성에 맞는 거 같으니까 학원에 다닌다는 거 아냐!"

미르가 발끈했다. 사실 미르는 얼결에 시작한 예고 입시에서 벌써부터 좌절감이 생기는 중이었다. 서울에 있는 학교보다는 쉬울 줄 알았던 수도권 학교들도 경쟁률이 엄청났고 소질은 있다지만–그마저도 원생을 잃지 않으려는 원장의 의례적인 말일 수도 있다.–실력은 아직 학원 아이들 따라가기에도 멀었다. 원장은 모집하는 학교가 적은 뮤지컬과보다 연극영화과나 실용음악과를 지원한 다음 대학에 가서 뮤지컬을 전공하는 걸 추천했다. 어른들과 이야기하다 보면 모든 게 대학 진학으로 귀결됐다. 미르는 대학 합격을 목표로 해야 할지 꿈을 목표로 해야 할지도 헷갈렸다. 뭐가 됐든 시간이 촉박했고 현실을 체감하자 초조해졌다. 그리고 그게 다 딸의 미래보다는 지역 주민 건강에 더 관심이 많은 엄마 탓 같았다.

예체능 입시 준비를 하는 아이들은 어렸을 때부터 부모 손에 이끌려 시작하는 경우가 많았다. 대중 예술계로 나가려는 아이들이 부모의 반대에 반항하고 가출하는 스토리는 다 옛말이었다. 요즘은 자식에게 끼가 있다 싶으면 부모들이 더 적극적이었다. 증명이라도 하듯 수업이 끝나면 자식을 태우러 온 차들이 학원 앞에 줄을 섰다. 그런데 엄마가 하는 일이라곤 고작 진료소 앞 버스 정류장으로 마중 나오는 게 다였다. 학원 친구네 차를 얻어 타고 버스 정류장까지 간 적이 있었다.

"열정이 있으면 이렇게 멀리서 혼자서라도 다니는 거야. 그런 의지가 있어야 성공하는 거지, 너처럼 나약한 정신 상태로는 어림없어."

미르는 자신을 칭찬하는 건지, 딸을 야단치는 건지 모를 친구 아빠의 말이 시골 산다고 무시하는 걸로 들렸다.

먼 거리를 다니는 게 힘들고 실력도 비교돼 스트레스를 받기는 했지만 신체 훈련부터 시작해 노래와 연기를 체계적으로 배우는 학원 수업은 학교 공부보다 훨씬 재미있고 집중이 잘됐다. 무엇보다 학원 시간에 맞추기 위해 종례를 면제받는 것만으로도 다른 아이들보다 특별해진 기분이었다.

소식을 알게 된 아빠가 여름 방학 동안 서울 학원의 방학 특강 코스를 끊어 주겠다고 했다. 생각지도 않은 일이었다. 덕분에 방학 전까지 다녀 보기로 한 학원은 한 달 더 연장되었다. 시내 학원은 합격생이 고작 한 명인데 서울 학원은 대학까지 합치면 몇십 명이나 되었다. 방학 특강만 받으면 미르도 팝업 창 합격생 명단에 당당하게 이름을 올릴 수 있을 것 같았다.

방학 전까지라는 단서를 달기는 했지만 비싼 학원비를 순순히 내주는 엄마와 아빠의 방학 특강 지원까지, 이만하면 순조롭게 일이 풀리는 셈이었다. 그런데 경력이 문제였다. 다른 아이들은 이런저런 대회에 나가 상도 많이 받았던데 미르는 상은커녕 자기소개서에 쓸 에피소드 하나 변변한 게 없었다. 문화적으로 소외된 환경 속에서도 열정을 불사르며 꿈을 위해 노력했음을 보여 줄 만한 무언가가 있어야 한다.

그때 미르를 위한 것인 양 연극 동아리에서 오디션 공고를 냈다. 무려 셰익스피어의 〈한여름 밤의 꿈〉이라나. 사람들이 잘 모르는 창작극보다는 유명한 게 자소서 쓸 때도 유리할 거다. 연극부 아이들 실력이 시원찮은지 모든 배역을 오디션으로 뽑는다고 했다. 연극에 출연하고 나면 자기소개서에 쓸 말이 생긴다. 포장하기 나름이니 단역이라도 상관없다. 재이 앞에서 오디션 보는 게 썩 내키지는 않지만 미르는 목적을 위해 자존심은 잠깐 접어 두기로 했다.

연극부 '오합지졸'은 정규 수업 일정에 포함된 특별 활동 부서가 아니라 재이가 2학년 때 발로 뛰어 만든 동아리이다. 각본은 물론 연출까지 맡은 터라 연극부에서 재이의 권위와 영향력은 막강했다. 그런 재이에게 그동안 한 짓이 마음에 걸렸다.

재이가 부원을 모집하고 고문 선생님을 모시고 학교 허가를 받는 일들을 하는 동안 미르는 결코 호의적이지 않았다. 나서기 좋아하고 남들에게 주목받고 싶어 하는 '관종'이라며 흉을 보기도 했다. 작년에 공연했던 〈꿈꾸는 별들〉을 놓고는 허접하다고 얼마나 비웃었던가. (무대와 연기 모두 형편없었던 건 사실이다. 공연 팸플릿 소개에 '오합지졸'의 '오' 자가 즐거워할 '오'라고 했는데 공연은 까마귀 '오'와 맞는 수준이었다.)

처음부터 그랬던 건 아니다. 재이가 서울에서 온 걸 알곤 특별한 감정을 갖기도 했다. 이사 온 이유를 알기 전부터 그랬다. 뭔가 아픈 사연이 있을 테고 재이의 명랑함은 그 아픔을 감추기 위해서라고 생각했다. 미르는 재이가 마음을 꽁꽁 닫아걸고 가시를 세웠던 자신보다 더 안돼 보여 이런저런 소문이 돌 때도 재이를 적극적으로 감싸 주었다. 하지만 재이는 별로 고마워하지 않았고 미르를 특별하게 생각하지도 않았다. 미르가 동질감을 불러일으키고자 슬며시 꺼낸 서울 이야기에도 시큰둥했다.

재이는 학교에 쉽게 적응했고 아이들과도 두루두루 잘 지냈다. 그 때문에 미르만 재이보다 더 짧게 살았으면서 서울

내기인 척한다는 소리를 들었다. 재이는 자기에 관한 소문이 떠돈다는 걸 알고는 오히려 재미있어하며 전학 온 이유를 말했다.

"와, 루머가 이렇게 해서 생기는 거구나. 우리가 이사 온 건 나랑 내 동생 아토피 때문이야. 너희들 혹시 아토피가 옮는다고 생각하는 건 아니겠지? 그럴 일은 없으니까 걱정 안 해도 돼. 봐, 이사 온 지 한 달도 안 됐는데 벌써 많이 좋아졌다."

재이가 소매를 걷어 불긋불긋한 상처를 내보였다. 솔직한 재이의 태도에 안 좋은 소문들은 사라졌고 그 애에 대한 호감만 남았다. 하지만 미르는 재이에게 거리감과 함께 반감까지 생겼다. 재이는 부모의 사정에 희생당하는 아이들과 오히려 반대였다. 재이네 엄마 아빠는 딸들을 위해 직장까지 그만두고 이사를 왔다. 재이가 자기 약점을 스스럼없이 드러낼 수 있는 것도 그런 부모가 있기 때문이다.

광고 회사에 다녔던 아빠와 번역가인 엄마는 스승의 날에 명예 교사로 오기도 하고 직업 탐구 시간에 강사로 초청되기도 했다. 명예 교사로 온 재이 아빠에게 어떤 애가 왜 직장을 그만두었느냐고 묻자, 가족과 함께 사는 게 돈 버는 일보다 중요하다고 대답했다. 생활은 어떻게 하느냐는 질문에는 프리랜서로 일하면서 직장 다닐 때보다 수입이 줄었지만 대신 생활비가 덜 들어 괜찮다고 했다.

재이네 집은 미르가 꿈꾸던 가정의 모습이었다. 엄마 아빠가 이혼하지 않고 지금도 함께 살고 있다면 – 여기 중학교에 다닐 리 없겠지만 – 아빠도 미르와 반 친구들 앞에서 사진에 관한 이야기를 하고 있을 거다. 사람들에게 신임과 존경을 받는 진료소장 엄마와 예술가 아빠를 가진 강미르. 그런 행복을 부모가 빼앗아 갔다. 사라진 줄 알았던 고슴도치가 나타나 다시 가시를 세우고 가슴속을 찔러 댔다. 미르는 사춘기가 지난 모양이라며 한시름 놓았던 엄마를 다시 힘들게 하기 시작했다.

재이를 모든 아이들이 다 좋아한 건 아니었다. 상위권 아이들은 강력한 경쟁자인 재이를 시기했다. 성적은 처졌지만 경쟁심만은 뒤지지 않았던 미르는 자연스레 그들 무리에 끼었다.

바우를 대하는 재이 행동이 눈에 들어오기 시작한 건 2학년 수학여행 때부터였다. 남원으로 2박 3일 갔던 수학여행에서 재이는 유난히 바우 주위를 맴돌았다. 인기 많은 재이가 바우처럼 존재감 없는 애에게 관심이 있을 리 만무했다. 미르는 재이가 그러는 게 다른 남자애들을 자극하려는 전략이거나 바우가 만만해서일 거라고 생각했다.

수학여행에서 돌아온 뒤 재이는 미르에게 친한 척을 하면서 다가왔다. 그리고 은근슬쩍 바우 이야기를 꺼내더니 이 얘기, 저 얘기 끝에 말했다.

"엄마가 돌아가셔서 실어증에 걸렸었다며."

미르는 갑자기 바우에 대한 의리 지수가 상승했다.

"실어증 아니거든. 선택적 함구증이거든. 그리고 이젠 다 나았어!"

"선택적 함구증? 그런 병도 있어? 처음 들어 본다."

"나도 아토피 걸린 애 처음 봐."

기분 나빠진 미르는 재이에게 쏘아붙였다.

3학년이 돼 미르는 1반, 바우와 재이는 2반이 됐다. 둘 다 눈에서 안 보이니 편했다. 체험 학습 때 연극 동아리 부장인 재이가 뜬금없이 허브 농장을 신청했다. 그때 재이가 바우에게 진짜 관심이 있음을 알았다. 재이가 작정하고 들이대면 순진한 바우가 안 넘어갈 리 없다. 그리고 얼마 안 가 차일 것도 분명했다. 미르는 재이 귀에 들어가라고, 연극부인 지수에게 바우가 자기 때문에 허브 농장에서 뮤지컬로 바꾼 것처럼 말했다. 소희를 알지 못하는 재이로서는 그 말을 믿을 수밖에 없을 거다. 그 결과 얼토당토않게 바우를 사이에 두고 삼각관계가 됐다. 본의 아니게 재이와 연적이 된 셈이다. 연적에게 공명정대한 사람이 있을까.

'아, 내가 진짜 미쳤지!'

참 알 수 없는 게 인생이다. 별 생각 없이 택한 뮤지컬 관람이 미르의 삶에 큰 파장을 불러일으키고 있었다. 결국 미르는 자기소개서에 쓸 경험을 만들기 위해 싫어하는 재이에게 잘 보여야 하는 처지가 됐다.

미르는 오디션 준비를 하느라 인터넷에서 〈한여름 밤의 꿈〉을 검색해 보았다. 무려 5막이나 되고 배경도 복잡하고 등장인물도 굉장히 많은 희곡이었다. 청소년 연극용으로 만들어진 극본도 있나 본데 소문에는 재이가 각색을 한다는 것 같았다. 직접 각색한다고 설치다 작년처럼 허접하게 만들까 봐 걱정은 됐지만 더 중요한 건 연극에 출연했다는 기록이니 팸플릿에 이름만 올리면 된다.

정식 연극부원 열두 명 중 재이를 보고 들어갔을 남자애들은 주로 스텝이고 여자애들이 대부분인 배우의 연기력은 보지 않아도 뻔했다. 미르는 대기업인 줄 알고 떨며 지원했는데 막상 가 보니 구멍가게여서 실망한 입사 지원자가 된 기분이었다. 재이가 부장이랍시고 다른 임원들과 나란히 앉아 있는 걸 보니 코웃음이 쳐졌다. 재이가 지원 동기를 물었다.

"아니, 뭐, 원래부터 이쪽에 관심이 있었고 졸업반인데 친구들하고 좋은 추억도 남기고 싶고……."

입시에 필요해서라고 하면 감점이 될 것 같아 말하지 않았다. 그런데 이게 뭐라고 떨리는 게 자존심 상했다.

"어떤 역을 하고 싶어?"

당연히 주인공을 하고 싶었지만 뽑아 줄 것 같지 않아 주인공 엄마 역을 말했다. 미르는 부원들이 나눠 준 오디션용 대사를 읽었다. 솔직히 그저 글자를 읊는 것에 불과한 다른 아이들과 비교하면 미르의 실력은 월등했다. 학원을 다닌 보람이 있었다. "우아, 장난 아닌데.", "대단하다." 등의 소리에 미르는 우쭐했다. 슬쩍 눈치를 보니 재이가 인상을 찌푸리고 있었다.

보기 좋게 떨어뜨리고 싶은데 고민이 되겠지. 연극을 망칠 생각이 아니라면 뽑지 않고는 못 배길걸. 미르의 자신감은 시청각실 천장을 뚫을 기세였다.

"뮤지컬 학원 다닌다면서?"

재이 말에 미르는 비밀을 누설했다는 듯 지수를 살짝 흘겨보았지만 실은 다 알려진 일이었다.

"다닌 지 얼마 안 돼."

미르는 노래 부를 기회가 주어지길 바라며 대답했다.

"노래 한번 해 볼래? 뭐든지 좋아."

미르는 미리 애니메이션 OST로 선곡을 해 두었다. 괜히 가창력 자랑한다고 고음이 많은 노래를 불렀다가 망할 수도 있어 좀 낮은 노래를 택했다. 떨리는 게 가라앉으며 노래에 빠져들려는데 재이가 그만하라고 손짓했다. 실력을 제대로 보여 주지 못한 것 같아 속상한 미르가 말했다.

"원래는 이것보다 잘해."

오디션이 끝난 뒤 재이는 연극부 임원들과 회의를 했다. 다른 아이들은 장난 반 재미 반으로 여유가 넘치는데 미르만 대단한 오디션 프로그램에 나가 결과를 기다리는 것처럼 긴장되고 떨렸다. 객관적으로 봤을 때 자기가 가장 잘했지만 그동안 재이에게 한 게 있어 안심할 수 없었다.

공연에 필요한 남자 배우는 다섯 명이고 여자 배우는 세 명인데 실제 상황은 그 반대로 여자가 다섯 명이고 남자가 세 명이었다. 지원자도 더는 없고 있다 해도 연기력이 되리란 보장도 없었다. 결국은 여자 두 명이 남자 역할을 해야 한다. 재이는 남자 주인공인 라이샌더와 드미트리우스를 여자애들에게 맡기고 남자애들에게는 오베론과 퍽, 드미트리우스 아빠 역을 맡길 거라고 했다. 나머지 세 명의 여자애들은 각각 여자 주인공인 허미아와 헬레나, 허미아 엄마 역이었다.

미르에게 라이샌더 역이 주어졌다. 허미아 역을 맡은 2학년 아이보다 키가 작은 미르에게 라이샌더를 맡긴 건 뜻밖이었다.

"라이샌더를 가수로 설정했는데 미르가 딱이야."

"허미아가 더 큰데."

누군가가 한 말에 재이가 단호한 표정으로 말했다.

"남자가 여자보다 커야 한다는 편견은 버려. 강미르, 네가 멋지게 소화해서 여자보다 키 작아도 멋있다는 걸 보여 줘 봐. 알았지?"

재이에게선 카리스마가 넘쳤다. 얼결에 고개를 끄덕인 미르는 왠지 당한 기분이었다.

대본이 주어졌다. 연습은 기말고사 전까지는 일주일에 두 번, 기말고사가 끝난 다음에는 날마다 모여서 한다고 했다. 첫 연습 때까지 대사를 외워 오는 건 기본이다. 돈을 받는 것도 아니고 성적이 걸린 것도 아닌데 아이들은 재이 말에 고분고분 따랐다. 분위기상 미르도 그래야 했다.

재이가 대본을 나눠 주던 날 말했다.

"원작에서는 꿈이 한바탕 소동 같은 걸 의미하지만 나는 나름대로 우리가 갖고 있는 희망이나 미래, 그런 걸로 해석해 봤어. 자기가 원하는 꿈을 이루기 위해서는 한여름 같은 뜨거운 열정과 밤에 깨어 있는 무한한 노력이 있어야 한다, 뭐 그런 주제야. 알고 있으면 캐릭터를 잡는 데 좀 더 도움이 될 거야."

동아리 이름이나 제목에서 주제를 뽑아내는 걸 보니, 재이는 있는 걸 가지고 잘 엮는 재주가 있다. 잔머리 대마왕이다. 재이가 미르에게 따로 말했다.

"라이샌더가 극중에서 부를 노래는 아직 못 정했어. 나도 고민할 테니까 너도 분위기에 어울리는 노래를 찾아봐. 가요나 팝송도 좋고 뮤지컬 넘버, OST, 다 괜찮아."

미르는 트집거리를 찾기 위해서라도 만사 젖혀 두고 대본부터 보았다. 유치하고 오글거리는 면이 있었지만 상황도 웃기고 의미 있는 대사도 많아서 그런대로 재미있었다. 고전을 바탕으로 했다는데도 요즘 현실과 닮아 있어 공감이 갔다. 뜻밖에도 라이샌더는 극의 주제를 구현하는 인물로 가장 매력적이었다. 그런 역을 자신에게 맡길 줄은 몰랐다.

"뭐. 공과 사는 구분할 줄 아네."

미르는 혼자인데도 웃지 않으려 애쓰며 중얼거렸다.

팬지

밤사이 내린 비로 소희네 집 앞마당이 여기저기 패이고 비밀 정원도 엉망이 되었다. 미리 배수로까지 만들어 놓았지만 담장께의 흙이 무너져 내려 화단을 덮쳤다. 바우는 팬지 화단이 망가진 게 가장 속상했다.

팬지는 이번 연극에 꼭 필요한 꽃이다. 재이가 무대를 만드는 데 도움이 될 거라며 영화 〈한여름 밤의 꿈〉을 보라고 했다. 그리고 메시지로 팬지 전설을 링크 걸어 보냈다.

사랑의 신인 큐피드가 어떤 신의 시녀를 사랑하게 되었다. 큐피드는 들판에 있는 시녀를 향해 사랑의 화살을 쏘았다. 그런데 화살이 빗나가 시녀 대신 옆에 있던 오랑캐꽃에 맞았고 상처 입은 오랑캐꽃에서 팬지가 태어났다고 했다.

그 내용을 다 읽었을 때 재이로부터 메시지가 왔다.

– 팬지 꽃말이 나를 생각해 주세요래

바우는 어젯밤 영화도 보았다. 셰익스피어의 희곡을 바탕으로 만든 영화에서 팬지는 사랑의 묘약으로 쓰였다. 요정왕 오베론의 마법으로 자줏빛 팬지즙을 바르면 눈을 뜨는 순간 처음 본 대상을 사랑하게 됐다가 흰 팬지즙을 바르면 원래대로 돌아갔다. 잘못 바른 꽃즙 때문에 모든 소동이 벌어진다고 해도 될 만큼 팬지는 이야기에서 큰 비중을 차지했다.

바우는 팬지가 영화에 나오자 잘 아는 사람이 배우로 나오기라도 한 것처럼 반갑고 흥분되었다. 그리고 연극을 위해 팬지를 키웠다는 생각마저 들었다. 밤사이 비밀 정원이 엉망이 되고 있는 줄도 모르고 들떠서, 직접 가꾼 팬지로 무대를 꾸밀 생각을 하며 영화를 보았다.

바우는 조심스레 흙더미를 걷어 내고 쓰러진 줄기를 바로 세우고 꽃잎에 묻은 흙을 닦아 냈다. 온몸이 젖는 것도, 시간이 흐르는 것도 알지 못했다. 비가 계속 오면 뿌리가 썩거나 병충해가 돌 텐데 걱정이었다.

세상에 나온 식물들은 어떤 악조건 속에서도 열매 맺거나 알뿌리를 영글게 하기 위해 온 노력을 기울였다. 그런 다음 가을이 지나면 아낌없이 자신을 버렸다. 자신은 정원의 주인이 아니라 식물들이 죽음으로 생명을 이어 갈 수 있도록 돌봐 주는 조력자라고 생각해 온 바우는 그 역할을 제대로 하지 못한 게 속상했다.

집으로 돌아온 바우는 우비를 벗어 처마 아래 줄에 걸어 놓고 안으로 들어갔다. 우비 속으로 비가 들이쳐 머리고 옷이고 다 젖었다.

"비 오는데 아침부터 어딜 갔다 와?"

마루에 있던 아빠가 못마땅한 기색으로 바우를 바라봤다.

"소희네 집이요."

바우가 수건으로 물기를 닦으며 당연한 걸 묻는다는 얼굴로 말했다.

"휴대폰은 왜 안 받고?"

"안 가져갔어요."

바우는 퉁명스레 대꾸했다.

"얼른 밥 먹자."

바우는 아빠와 식탁에 마주 앉았다. 비 때문에 시간이 난 아빠가 반찬을 이것저것 만들어 놓았다. 예전에 비하면 요리 솜씨가 많이 늘었다. 반찬을 챙겨 주던 소희 할머니가 돌아가신 다음부터 부쩍 는 것 같았다. 제육볶음이 입맛을 돋우었고 미역과 오이를 넣어 만든 냉국도 시원했다. 엇그제 담근 열무김치도 맛이 들었다. 힘을 써서인지 엉망이 된 정원 때문에 속상한 것치고는 밥맛이 좋았다. 바우는 문득 식충이가 된 기분이 들었다.

세상을 휩쓸고 간 태풍에 추수를 앞둔 벼가 모두 쓰러졌을 때 아빠는 덤덤한 표정으로 밥을 먹었다. 그때 바우는 1년 농사를 망쳤는데 평소와 다름없이 밥을 먹는 아빠가 이해되지 않았다.

"농사 망친 것도 억울한데 굶기까지 하면 더 손해지. 그리고 먹고 기운 내서 일해야지, 엎어져 있으면 벼가 저절로 일어난다냐."

바우는 자기도 그런 마음이라고 여기며 씹을 사이도 없이 목구멍 너머로 사라지는 밥을 열심히 퍼 넣었다.

"이제 고등학생 되는데 공부해야지 언제까지 남의 집 마당이나 들락거리고 있을 거야."

아빠가 기어이 한마디 했다.

"기말고사 성적 안 떨어졌잖아요."

"안 떨어지기만 하면 돼? 촌 학교에서 잘해 봤자 아무 소용없어. 전교 1등을 해도 고등학교에 가면 시내 애들 깔아 주는 역할밖에 못 한다더라. 지방 애들은 또 서울 애들 못 쫓아가고."

고등학생이나 대학생이 된 친구 자식들이 늘어나면서 정보도 많아진 아빠는 공부에 관한 잔소리가 늘었다. 자신은 학생 때 한 자리 등수를 해 본 적이 없다며 3학년 전체에서 10등 안에 드는 바우의 성적에 만족하던 아빠다.

"근데 꼭 대학 가야 돼요?"

바우가 불쑥 물었다.

"뭐? 대학 안 가고 뭐 하게?"

아빠 질문에 바우는 할 말이 없어졌다. 안 가고 뭐 하겠다는 계획이 없기 때문이었다. 초등학생 때는 화가도 되고 싶고 미술 심리 치료에 관심도 있었지만 어느 결엔가 흐지부지 사라져 버렸다.

"딱히 하고 싶은 건 없어요."

"그럼 일단 공부 열심히 하면서 찾아봐."

아빠는 이야기를 끝냈다.

주방 담당인 아빠가 설거지를 하고 바우는 세탁기를 돌리기로 했다. 계속된 비 탓에 빨래가 밀려 갈아입을 옷이 없었다. 벗어 놓은 옷들에서도 냄새가 나기 시작해 미룰 수가 없었다. 선풍기 바람에라도 말려야 했다.

빨래 거리를 찾아 방으로 들어간 바우는 책상 위의 휴대폰을 확인했다. 아빠가 전화했다더니 부재중 전화가 두 통 와 있었고 연극부 단체 대화방에 새 글들이 올라 있었다. 그동안 바우는 단체 대화방에서 오가는 대화를 보기만 했다. 정식 연극부원이 아니라 끼어들기도 어색했고 할 말도 없었다.

바우는 집안일을 해 놓고 보려고 내용을 확인하지 않았다. 이미 체온에 다 말랐지만 세탁기를 돌리는 김에 같이 빨기 위해 옷을 갈아입었다. 작아져 버리려던 걸 입으니 꼴이 우스꽝스러웠다. 벗은 옷 뭉치를 안고 나오는 바우에게 설거지를 마친 아빠가 물었다.

"물꼬 보고 면에 나갈 건데 뭐 먹고 싶은 거나 필요한 거 없어?"

"세탁기 세제 거의 다 썼어요. 샴푸도 얼마 안 남았고. 아침에 먹게 시리얼도 좀 사다 주세요."

"알았어. 저녁때나 올 거니까 점심 챙겨 먹어. 살 거 더 있으면 전화하고."

아빠가 나간 뒤 바우는 색깔 있는 옷부터 세탁기를 돌리고 청소를 시작했다. 아빠 혼자 집안일을 다 하던 때가 있었다. 수건과 함께 돌려 옷마다 하얀 먼지가 묻어 있거나 탈수 해 놓고 제때 널지 않아 꾸깃꾸깃하기 일쑤였다. 크기가 줄거나 색이 변해 버리는 옷들도 있었다. 어릴 때는 멋모르고 주는 대로 입고 다녔지만 초등학교 5학년 땐가부터 신경 쓰이기 시작했다. 바우는 빨래를 맡겠다고 나섰다. 중학생이 되자 아빠는 슬그머니 청소도 떠넘겼다.

마루에 건조대를 들여놓고 빨래를 넌 다음 선풍기 두 대를 모두 틀자 옷들이 살아 있는 것처럼 펄럭거렸다. 수건과 속옷을 돌려 놓고 바우는 휴대폰을 보았다. 재이로부터 메시지가 와 있었다. '뭐 해?'와 '영화 봤어?'였다.

영화는 영상이 화려한 데다 재이가 각색한 내용과 비교하며 봐서인지 꽤 재미있었다. 복잡한 내용을 간결하면서도 흥미롭게 각색한 게 놀라웠다. 그 많은 등장인물을 여덟 명으로 줄였고 영화 속의 연극 장면과 요정 세계를 없앴다. 무대 꾸미는 일을 맡은 바우로서는 잘 된 일이지만 인간들 이야기보다 요정들 이야기가 훨씬 더 재미있었기에 좀 아쉬웠다.

모든 소동이 일어나게 만든 주범인 요정 왕 오베론과 시종인 장난꾸러기 요정 퍽은 팬지즙으로 사랑의 묘약을 만드는 마법사와 조수로 바뀌었다. 묘약에 의해 사랑이 뒤바뀌며 인간의 추한 모습까지 보여 주는 두 쌍의 연인인 허미아와 라이샌더, 헬레나와 드미트리우스는 자신들의 의지로 사랑과 꿈을 선택하는 것으로 각색했다.

사람들이 속으로 생각하는 것까지 말로 표현해야 하는 연극이다 보니 오글거리는 대사가 많았다. 특히 라이샌더의 대사는 – 미르가 그 연기를 하는 상상까지 보태져 – 손발이 오그라들다 못해 붙어 버릴 것 같았다. 처음엔 자기 험담을 하고 다니는 미르에게 주인공 역을 준 재이가 대단해 보였는데 대본을 보니 지능적인 안티일지 모른다는 생각이 들 정도였다.

다행히 그렇게 오글거리는 대사만 있는 게 아니라 중간중간 유행하는 개그나 드라마의 패러디 대사도 들어 있었고 재이의 재치가 돋보이는 장면도 몇 군데 있었다. 바우가 특히 그렇게 느낀 곳은 사랑의 묘약이 원작과 달리 주인공들이 아니라 자식을 정략결혼시키려는 허미아의 아빠와 드미트리우스 엄마에게 사용되는 장면이었다. 사업가인 허미아 아빠와 정치가인 드미트리우스 엄마는 자식을 결혼시켜 부와 권력을 모두 가지려는 인물들이다. 그런 사람들이 자식들 대신 자기네가 결혼한다고 난리 치는 결말이 관객을 엄청나게 웃길 것 같았다.

무대 장치를 맡은 만큼 바우는 배경에 특히 관심을 갖고 보았다. 영화 배경은 자유롭게 바뀌었지만 연극에서는 주인공들이 사랑과 꿈을 위해 찾아가는 숲이 주요 무대였다. 사무실이나 집 같은 배경은 숲 옆에 탁자와 의자 두세 개를 놓아 조명으로 처리할 거라고 했다. 재이는 사랑과 꿈, 자유라는 주제를 상징하는 배경인 숲을 진짜 식물로 꾸며 싱그러우면서도 생동감 넘치게 만들고 싶어 했다. 영화에서도 숲은 세트장처럼 만들어져 있어 많은 참고가 됐다.

바우는 재이의 메시지에 답을 썼다.

- 미안 다른 일 좀 하느라

바로 답장이 왔다.

- 뭐 했는데?

- 그냥 이것저것…

바우는 집안일을 했다고 하기가 왠지 쑥스러웠다.

- 영화 봤어?

- 응

- 어땠어?

느낀 게 많았으면서도 재이가 소감을 묻자 영화의 야한 장면들만 떠올라 얼굴이 뜨거워졌다. 12세 관람가인 만큼 별것 아닌 수준이었지만 재이도 보았다고 생각하니 굉장히 야한 것처럼 여겨졌다. 그래서 재미있다고 할 수가 없었다.

- 괜찮았어

- 오베론의 숲, 넘 환상적이지?

- 응

- 아이디어 좀 얻었어?

- 얻기는 얻었는데 걱정이야

- 뭐가?

- 울창한 숲 느낌이 나게 하려면 칡넝쿨이나 인동덩굴이 좋은데

- 어, 좋은 생각이다

- 미리 잘라다 놔야 하는데 시들까 봐 걱정임

- 그러네. 혹시 꽃바구니에 들어 있는 스펀지 같은 거 쓰면 안 되나?

- 오아시스?

- 그게 오아시스야?

- 정식 명칭인지는 모르지만 그렇게 부른대. 학교 아저씨한테 들었어

- 꽃한테는 오아시스가 맞네. 어울린다!!!

- 일단 오아시스로 실험해 봐야겠다

- 그러자

- 학교에 있는 키 큰 화분들로 나무 분위기 내면 좋은데 허락 받아야 할걸

- 그건 연극부에서 해결할게

- 그리고 영화에서처럼 무대에 계단을 놓는 건 어때?

- 좋아!

- 학교에 이동식 계단 있어

- ㅇㅋ 계단이 있으면 활용도가 높겠다

잠시 대화가 끊겼다. 그래 봤자 몇 초도 안 되는 시간이었지만 굉장히 길게 느껴졌다.

- 영화 보고 나니까 내 대본 넘 후지지?

재이의 물음에 바우는 얼른 대답했다.

- 아니. 재밌어. 신기해. 어떻게 그걸 연극으로 만들 생각을 했어?

영화 보면서도 내내 궁금했던 걸 비로소 물었다. 말로 하는 것보다 훨씬 편하고 자유로웠다.

- 중1 때 〈죽은 시인의 사회〉란 영화를 봤거든. 거기에서 고딩들이 〈한여름 밤의 꿈〉을 연극으로 하는 게 나와
- 글쿠나

바우는 제목도 못 들어 본 영화였다.

- 영화에서 퍽 역을 맡았던 주인공이 자살해
- 왜?
- 아빠가 연극 못하게 해서
- ㅠㅠ
- 그 영화 보고 〈한여름 밤의 꿈〉에 꽂혀서 책이랑 영화랑 고전 영화까지, 암튼 다 찾아봤어

- 대단하다

바우는 또래인 재이가 그런 열정과 끈기를 갖고 있는 게 놀라웠다. 그리고 상대적으로 열정과 끈기는 물론 아는 것도 없는 자신이 창피했다.

- 뭐가?
- 영화 보고 그렇게까지 했다는 게
- 내가 한번 꽂히면 그렇게 덕질하는 게 있어. ㅋㅋ 근데 그건 너도 마찬가지 아냐?
- ??
- 너도 식물에 관심 있어서 원예반에도 들고 온실에서 식물도 키우고 그러잖아. 너 같은 남자애는 첨 봐. 어떻게 해서 식물에 관심을 갖게 됐어?

바우는 갑자기 질문이 들어오자 당황했다.

- 별거 없는데. 그냥 주위가 식물 천지잖아
- 그건 다 마찬가지지
- 넌 어떻게 연극부 만들 생각을 했어?

바우는 자기 이야기를 피하기 위해 질문을 했다.

- 사연이 있지. 시골 학교는 뭔가 막 서울 학교랑 다를 줄 알았거든
- 학생 수도 적고 다르잖아
- 그런 거 말고. 자연 속에서 모험도 하고 재밌고 신날 줄 알았어. 우리 아빠가 이사 가면 그럴 거라고 막 뻥을 쳤거든
- ㅠㅠ
- 근데 학교 끝나면 학원 가고 서울이랑 똑같은 거야
- ㅠㅠㅠ
- 그래서 연극부를 만든 거임. 학교 좀 재밌게 다녀 보려고. 연극부 이름도 그런 의미로 지은 거고
- 원래부터 연극에 관심 있었어?
- 엄마가 연극을 좋아해서 공연은 많이 봤지. 직접 해 본 건 작년 정도?
- 작년 것도 네가 쓴 거야?
- 아니. 기존에 있는 극본으로 한 거야. 그때 생각하면 넘 허접해서 쪽팔려
- ㅠㅠㅠ
- ㅋㅋ 빈말도 안 하네. 그때 마지막 공연만큼은 잘해야겠다

고 결심했어. 그래야 졸업해도 연극부가 안 없어질 것 같고. 그때부터 연극에 관한 책 보면서 각색하기 시작한 거야. 시시해 보여도 1년 걸린 거다

- 대단하다. 넌 나중에 그런 쪽으로 나갈 거야?

바우는 밥 먹을 때 아빠가 했던 말이 생각나 물었다.

- 모르겠어. 하고 싶은 게 너무 많아서
- 뭐하고 싶은데?
- 방송국 PD도 되고 싶고. 시나리오도 써 보고 싶고, 여행 작가도 되고 싶고. 넌 뭐 하고 싶어?

질문이 되돌아올 줄 예상했어야지. 솔직히 말하자면 바우는 정원이나 가꾸며 살고 싶었다. 하지만 그렇게 말하기엔 재이 꿈에 비해 너무 초라해 보였다. 차라리 아직 없는 걸로 하는 게 나았다.

- 아직…

바우는 그 뒤로도 재이와 한참 동안 메신저를 했다. 차츰

연극이나 무대 이야기를 벗어나 일상 수다로 내용이 바뀌었다. 바우는 그동안 다른 사람, 특히 여자애와 메시지로라도 이렇게 길게 대화한 적이 없었다. 아빠와의 대화도 용건 위주였고 늘 바쁜 듯한 소희와도 마찬가지였다. 재이와 메신저를 하는 내내 설렜다.

가족하고 시내로 전시회를 보러 가야 한다면서도 재이는 대화를 끝내지 않았다. 바우도 왠지 아쉬워 채팅방을 나올 수가 없었다.

- 이제 진짜 가야겠다. ㅠㅠ 식구들하고 있을 땐 휴대폰 못 하거든. 왜 그런 바보 같은 약속을 했나 몰라. ㅠㅠ
- ㅎㅎ 잘 다녀와
- 암튼 무대에 관해서는 또 얘기하자

재이와의 대화를 마친 바우는 마치 요정들이 살고 있는 오베론의 숲에 있다 빠져나온 느낌이었다. 숲을 나와 생각해 보니 재이의 관심은 오로지 연극뿐이었던 것 같다. 그럼 뭘 바란 거야? 바우는 벌떡 일어나 거실로 나갔다. 두 시간으로 설정해 놓았던 선풍기 타이머가 다 돌아가 멈춰 있었다. 아직도 축축한 빨래에 바우는 다시 선풍기를 틀었다. 재이와 두 시간도 넘게 대화를 했다니. 20분인 것처럼 빠르게 흘러간 시간이었다.

많이 가늘어진 빗줄기는 안개비로 바뀌어 있었다. 비를 잔뜩 머금은 세상이 파스텔 그림처럼 아련해 보였다. 바우는 거실 창을 활짝 열고 앉아 재이와 채팅한 내용을 다시 읽어 보았다. 무대 이야기 말고 바우가 한 말은 바보처럼 감탄하거나 추임새를 넣은 게 다였다. 이렇게 무식하고 말주변도 없는 자기를 재이가 좋아할 리 없다. 바우는 아니라고 하면서도 미르가 했던 말을 계속 의식하고 있었다.

배역이 정해진 다음 연출부와 배우, 고문 선생님까지 전체 모임을 가진 적이 있었다. 바우가 공연 스텝이 된 걸 알고 미르는 놀란 얼굴을 했다. 미르가 연극에 참여한 게 놀랍기는 바우도 마찬가지였다. 날이 따뜻해지면서 바우는 자전거로, 미르는 버스로 통학하는 데다 반까지 달라 잘 만나지 못했다. 시내 학원에 다닌다는 소식도 아빠를 통해 들었을 정도였다. 하지만 미르가 재이를 좋아하지 않는다는 건 진즉에 알고 있었다.

미르는 처음부터 틈만 나면 재이 흉을 보며 바우의 동조를 요구하곤 했었다. 그럴 때마다 바우는 난감해져 잘 모르겠다는 말밖에 할 수 없었다. 미르가 "재이 오늘 이러이러하게 말한 거 재수 없지 않아?", "재이가 아까 저러저러한 거 잘난 척한 거 맞지?" 등등의 이야기를 할 때마다 직접 보지도 듣지도 못한 바우로서는 달리 할 말이 없었다. 그때마다 미르는 토라져 며칠씩 모르는 체하곤 했다.

소희가 떠나고 둘만 남자 더 친해질 줄 알았는데 그렇지 않았다. 중간 역할을 하던 소희가 없으니 걸핏하면 삐치거나 토라지는 미르를 어떻게 대해야 할지 당황스러웠다. 사촌들도 모두 형이나 누나만 있고 가장 가까웠던 소희도 나이보다 어른스러웠던 터라 미르 같은 아이는 처음이었다. 스트레스 받던 바우는 미르를 한참 어린 동생이라고 생각하기로 했다. 그러자 미르가 하는 행동이나 말들이 신경에 덜 거슬렸다.

연극에 참여한 미르를 보며 바우는 내가 모르는 사이 재이하고 친해졌나. 아니면 예고 준비하면서 연극에 흥미를 가지게 된 건지도 모르지, 하고 생각했다.

모임이 끝난 뒤 운동장으로 나와 자전거 잠금장치를 여는데 미르가 다가와 집까지 태워 달라고 했다.

"버스 타려면 두 시간 기다려야 돼."

미르가 무슨 말을 할지가 걱정이었지 자전거를 태워 주는 일쯤은 아무것도 아니었다. 바우는 고개를 끄덕였다. 냉큼 뒷자리에 올라탄 미르가 바우의 허리춤을 잡았다. 바우는 허리께가 간질간질하기도 하고 쇠뭉치가 매달린 것처럼 무겁기도 한 느낌으로 페달을 밟았다. 후덥지근하던 공기가 조금은 시원한 바람으로 변해 그들을 스쳐 갔다. 자전거는 금방 면내를 벗어났다. 바우는 요철이 있는 부분이나 잔 돌멩이를 피하며 조심스레 달렸다.

"근데 너 어떻게 스텝 된 거야?"

미르가 고개를 빼고 큰 소리로 물었다. 바우는 올 것이 왔구나, 하는 생각이 들었다. 어쩌면 재이 흉을 보기 위해 자전거를 태워 달란 건지 몰랐다. 바우는 빠졌던 함정에 또 걸려든 느낌이었다. 알았다고 해도 자전거를 안 태워 줄 도리는 없었다.

"재이가 무대 장치 도와 달래서."

바우는 미르가 계속 재이 흉을 보면 '그렇게 싫으면 연극을 안 하면 되잖아.'라고 말해야지, 각오를 단단히 하며 대답했다.

"이 바보야, 그게 아니야!"

갑자기 미르가 등을 퍽퍽 때리는 바람에 핸들이 이리저리 흔들렸다.

"송바우, 잠깐 세워 봐."

미르가 소리쳤다. 바우는 영문을 모른 채 멈춰 섰다. 자전거에서 내린 미르가 바우 앞으로 오더니 빙글빙글 웃으며 뒤로 걷기 시작했다. 바우도 자전거에서 내렸다.

"조심해."

"재이가 너 좋아해. 무대 장치를 핑계로 사심을 채우려는 거야."

그 일이라면 이미 혼자 북치고 장구 치며 스스로 망신까지 당했다.

"핑계 아니야."

바우가 잔뜩 볼멘소리로 말했다. 미르가 돌아서서 바우와 나란히 걷기 시작했다.

"너도 진짜 눈치 꽝이다. 임도 보고 뽕도 따고겠지. 재이가 너 좋아한 지 오래됐어. 내 감이 맞는다면 아마 작년부터 일걸. 넌 재이 어떻게 생각해? 내가 니네 연결시켜 줄까?"

놀리는 것 같지는 않았다. 그보다 그렇게 재이 흉을 보던 아이가 맞나 싶어 바우는 미르를 멀뚱히 바라보았다. 바우 생각을 눈치챘는지 미르가 말했다.

"옛날엔 재수 없었는데 알고 보니 그 정도는 아닌 것 같아. 너도 졸업하기 전에 여친 한 번 사귀어 봐야지. 재이 정도면 괜찮잖아."

"아무 것도 하지 마."

바우는 평소와 달리 단호하게 말했다.

그래 놓고 또 자꾸만 재이를 살피게 됐다.

바우가 큰 화분을 어떻게 나를지 고민했지만 단번에 해결됐다. 재이가 도와줄 지원자를 찾자마자 남자애들이 넘치게 나섰기 때문이다.

"이렇게 인기 많은 애가 날 좋아할 리 없어."

바우는 자신에게 확인시키듯 중얼거렸다.

한여름 밤의 꿈

"그 노랜 아닌 것 같은데. 연극에 맞춰 창작한 노래가 아닐 바에는 대중적인 곡을 부르는 게 나아. 이를테면 〈거위의 꿈〉처럼 관객들도 많이 아는 노래."

재이는 미르가 골라 간 노래를 단칼에 잘랐다. 모르는 곡이라 자존심 상해서인 것처럼 보였다.

"〈거위의 꿈〉은 개나 소나 다 알잖아."

미르가 비웃듯 말했다. 미르는 관객들이 잘 모르는 곡으로 노래 실력과 지식을 뽐내고 싶었다.

"그래도 너만 아는 노래보단 나아. 라이샌더가 노래를 부르는 부분은 연극의 클라이맥스란 말이야. 관객들이 감정이입을 하고 공감을 해야 그 부분이 살고 연극 전체가 산다고. 다른 노래로 더 찾아보자."

재이는 물러서지 않았다. 미르도 의견을 묵살당한 게 기분 나쁜 티를 감추지 않았다.

주인공인 라이샌더를 시켜 줘 생각보다 괜찮은 앤 줄 알았는데 막상 연습이 시작되자 재이는 사사건건 트집이었다. 미르에게만 까다롭게 구는 것 같았다. 배우고 스텝이고, 다른 애들한테는 대강 넘어가고 봐주면서 미르가 하는 건 하나하나 깐깐하게 꼬집어 냈다. 특히 바우 의견은 무엇이든지 오케이였다. 그러면 바우는 입이 헤벌어진 채 땀을 삘삘 흘리며 화분을 이리 옮겼다 저리 옮겼다 했다. 연극은 어차피 '그런 셈 치고'를 바탕에 깔고 하는 건데 진짜 식물로 숲 분위기를 낸다며 유난을 떠는 게 웃겼다.

미르는 재이가 자기에게 왜 주인공을 맡겼는지 알 것 같았다. 여자 주인공보다 키 작은 남자 역을 시켜 웃음거리로 만들려는 속셈이다. 미르는 당장이라도 때려치우고 싶었으나 자소서에 쓸 경력은 둘째 치고 소희와 엄마 아빠한테 주인공이라고 이미 자랑을 잔뜩 해 놓았기 때문에 그만둘 수가 없었다. 재이가 트집 잡을 게 없을 만큼 잘하는 길밖에 없다고 결론 내린 미르는 잠꼬대를 할 정도로 열심히 연습했다. 대본을 완전히 숙지하고 대사의 의미를 찾다 보니 점점 역할에 빠져들었다.

하지만 라이샌더가 부를 곡 찾기는 계속 난항이었다. 미르가 고른 노래는 재이 마음에 안 들고 재이가 추천하는 곡은 미르가 부르기 싫었다. 부원 중 한 명이 TV에서 봤다면서 〈꿈이 이루어지는 순간〉이란 뮤지컬 노래를 건의했다.

"아, 그거 좋다! 오디션 같은 데서 많이 불러서 사람들도 웬만큼 알 거야."

미르도 알았지만 남자 노래라 직접 불러 본 적은 없었다. 하지만 라이샌더의 심정을 대변하는 데는 그만이었다.

"왜 진작 이 노래를 생각 못 했지. 근데 부를 수 있겠어?"

재이가 좋아하다 말고 미심쩍은 눈초리로 미르를 보았다. 미르는 오기가 발동해 할 수 있다고 큰소리를 쳤다.

어쨌든 노래가 정해지고 나자 본격적으로 연습을 할 수 있었다. 미르는 학원도 빠지고 연습에 몰두했다. 다른 역할보다 대사도 많고 노래까지 불러야 해서 더 바빴다. 시험이 끝난 뒤 아이들은 에어컨도 고장 난 시청각실에서 땀을 흘려가며 공연 준비를 했다. 재이네 엄마를 비롯한 학부모들이 음료수와 빵, 아이스크림 등을 사다 주었지만 엄마는 진료소 일이 바빠서 한 번도 올 수 없었다. 미르가 넌지시 귀띔하자 엄마는 미안해하며 돈을 주었다.

"공연 때는 올 거지? 꼭 와야 돼."

미르의 새로운 꿈에 대한 엄마의 의구심을 단번에 날려 버릴 기회였다.

동아리 발표회는 여름 방학 이틀 전이었다. 동아리 부장들끼리 번호를 뽑아서 힙합, 마술, 연극 순으로 차례가 정해졌다. 연극부에겐 힙합이나 마술이 오프닝 공연이고 연극이 본 공연처럼 여겨졌다.

"우리가 피날레를 장식하는 거니까 더 잘해 보자!"

막이 오르기 전 재이가 잔뜩 긴장한 얼굴로 파이팅을 외쳤다. 공연을 하는 시청각실은 뒤에 서 있는 사람들이 있을 정도로 꽉 찼다. 다행히 에어컨을 고쳐 덥지는 않았다.

드디어 연극이 시작되었다. 그동안의 연습이나 다짐이 무색하게 배우들은 실수를 연발했고 스텝들은 손발이 맞지 않았다. 전반부 내내 원작에서 아테네 직공들이 공연하는 연극만큼이나 어설프고 실수투성이였다. (미르도 영화를 보았다. 주인공들의 결혼을 축하하기 위해 아테네 직공들이 〈피라무스와 티스베〉라는 연극을 하는데 배우고 스텝이고 수준이 유치하기 짝이 없었다.) 하지만 원작에는 연극이 재미없어도 관객들이 박장대소하도록 만든 셰익스피어가 있었지만 현실에는 없었다. 시청각실의 관객들도 웃긴 웃었다. 조롱 섞인 비웃음. 그러는 게 그들 잘못만은 아니었다. 배우끼리도 손발이 안 맞는 어수선한 공연이 재미있을 리 없다. 그런 분위기는 주제가 담긴 라이샌더의 대사조차 유치한 걸로 만들었다. 극 중 인물들이 모두 숲에 모인 절정의 상황이었다.

"내가 알고 있는 어떤 책이나 영화를 봐도 진정한 사랑의 길이 순탄했던 적은 없었어. 꿈으로 가는 길도 마찬가지야. 어려움을 이겨 내고 얻은 것만이 진짜지. 나는 한여름의 뜨거운 열정과 깨어 있는 밤 동안의 노력으로 사랑과 꿈 모두를 얻고 말 거야."

미르가 대사를 하자 객석 쪽에서 킥킥거리는 웃음소리는 물론 대사를 흉내 내는 소리까지 들려왔다. 하지만 미르는 다른 아이들의 실수나 관객들 반응에 신경 쓸 겨를이 없었다. 맡은 역할을 해내야 한다는 책임감 때문에 진지함을 잃지 않고 집중했다. 혼자만 진지한 게 더 우스꽝스러워 보인다는 사실도 알지 못했다. 드디어 미르만 비추는 핀 조명이 켜졌다. 깊이 몰입한 미르는 대사에 실었던 감정을 노래로 증폭시켰다.

아무도 모르지. 그 누구도 알 수 없어. 자기 앞의 길…….

비장한 음색의 노래가 울려 퍼지자 관객석의 소음이 잦아들었다. 그 길 위에 무엇이 있는지 알 수 없어도 나 걸어가리. 그 끝을 향해. 나의 사랑, 나의 꿈이 이루어지는 순간을 향해……. 미르는 노래 부르는 동안 라이샌더뿐 아니라 자기 마음을 그대로 표현하는 듯한 가사에 전율이 일었다. 연습하면서 백 번도 넘게 불렀는데 소름 돋는 느낌은 처음이었다. 미르의 열창이 뿜어내는 기운은 다른 아이들에게도 전이돼 노래가 끝난 뒤에는 모두가 진지하게 자기 역할에 빠져들기 시작했다. 배우들이 바뀌자 관객의 반응도 달라졌으며 그 분위기를 유지한 채 연극은 마무리되었다. 미르는 마지막 몇 분 동안 무대 위의 배우들은 물론 무대 아래의 관객들과도 소통하는 짜릿함을 맛보았다.

끝이 좋으면 다 좋다는 말처럼 결과적으로 공연은 대성공이었다. 환호성 섞인 갈채를 받은 미르는 이미 뮤지컬 배우가 된 것 같았다. 배우와 스텝들은 기대 이상의 결과에 흥분했고 바우까지도 상기된 표정을 감추지 못했다. 키 큰 화분과 진짜 풀과 꽃들로 만든 무대는 효용성에서는 어땠는지 몰라도 연극을 더 돋보이게 해 준 것만은 분명했다. 교장 선생님은 무엇이든 지원해 줄 테니 더 연습해서 청소년 연극제에 나가 보라고 했다.

미르를 비롯한 연극부 아이들은 여기저기 불려 다니며 사진을 찍느라 바빴다. 그중에서도 미르가 가장 인기가 많았다. 아이들이고 어른들이고 미르에게 엄지손가락을 치켜세웠다. 미르는 놀이 기구를 타고 하늘로 날아오르는 기분이었고 이미 뮤지컬계의 대스타가 된 것 같았다.

"미르, 왜 그렇게 잘해요? 이번 연극은 미르가 다 살렸어. 프로 같아."

어떤 아줌마가 엄마에게 말했다. 엄마가 남들로부터 딸 칭찬을 받는 건 실로 오래간만이었다. 미르는 기쁘고 뿌듯해 엄마를 바라보았다. 대단한 효도를 한 것 같았고 이만하면 엄마도 자기 꿈을 인정할 거라 자신했다. 그런데 엄마가 "아유, 프로 같긴요. 학원에 수강비를 얼마나 갖다 내는데 그 정도는 해야죠."라고 했다.

미르는 하늘 높이 올라갔던 놀이 기구에서 떨어져 땅바닥에 내동댕이쳐진 기분이었다. 엄마가 그동안 들인 자기 노력을 깡그리 무시하는 듯해 화나고 억울했다. 동기가 어떻든 이번 연극만큼 무얼 열심히 한 적도 없었다. 엄마에게 그런 말밖에 못 하느냐고 따지고 싶은 걸 꾹 참았다. 학원 다니러 곧 서울로 간다는 사실이 너그럽게 만든 것도 있었다. 방학 내내 집을 떠나 있을 텐데 엄마와 다투기 싫었다.

다음 날 미르는 아빠 집에 갈 가방을 싸기 시작했다. 서울 학원에 다닐 일도 설렜지만 아빠와 한 달씩이나 함께 살게 된 것도 기대됐다. 아빠와 떨어져 산 뒤론 길어 봤자 하루 이틀 같이 지낸 게 전부였다.

엄마가 세탁한 옷들을 가져왔다. 속옷과 옷을 새로 사 준 걸 보면 아빠 집에 오랫동안 가 있는 게 신경 쓰이는 눈치였다.

"속옷은 직접 빨아 입고, 너 잔 방 청소도 하고, 설거지도 하는 척이라도 해."

"하면 하는 거지, 척은 또 뭐야. 알아서 할 테니까 내 걱정 말고 엄마나 밥 잘 챙겨 먹어."

미르는 옷을 받아 가방에 넣으며 상냥하게 대꾸했다. 혼자 지낼 엄마가 마음에 걸리고, 서울 간다고 신나 있는 게 미안해서였다. 하지만 그 마음은 오래가지 않았다.

"아이고, 우리 딸 철들었네. 엄만 씩씩하게 잘 지낼 거니까 너도 잘 다녀와. 한 달 한다고 뭐가 엄청나게 달라지진 않겠지만 기왕 하는 거 열심히 해."

엄마가 웃으며 하는 말에 서운함이 왈칵 밀려왔다.

"엄만 왜 맨날 말을 그딴 식으로 해? 아직 시작도 안 했는데 뭐가 안 달라진다는 거야? 공연 날도 그래. 사람들은 다 칭찬하는데 학원 수강비가 어쩌고저쩌고. 무슨 엄마가 딸을 깎아내리지 못해서 안달이야?"

미르가 그날 하지 못한 말을 쏟아 냈다.

"그건 다 같이 고생했는데 사람들이 너만 칭찬하니까 민망해서 그런 거지. 서운했다면 미안해. 근데 미르야, 엄마도 인터넷에서 좀 알아봤는데 뮤지컬과가 있는 예고는 많지도 않고 경쟁률도 엄청나게 세더라. 네가 재능이 있다고 해도, 또 서울에서 특강을 받는다고 해도 몇 달 해서 붙을 수 있을 것 같지가 않아. 너무 기대했다 나중에 실망하고 상처받을까 봐 걱정돼. 엄마 생각엔 일반 고등학교로 진학한다 생각하고 예고는 경험 삼아 지원하는 걸로 했으면 좋겠어. 고등학교에 가서도 계속 그쪽으로 입시 준비를 할지는 좀 더 해본 다음 다시 결정하기로 하고."

엄마 말에 미르는 어처구니가 없었다.

"엄만 지금 그게 짐 싸고 있는 딸한테 할 소리야? 열심히 하라고 격려는 못 해 줄망정 걸핏하면 기운 빼는 소리나 하고. 그냥 인문계에 가라고? 엄만 내가 여기서 썩었으면 좋겠어? 그렇게 날 이렇게 처박아 두고 싶냐고! 엄마 생각만 하면 다야?"

미르가 가방에 담으려던 옷가지를 집어던지며 소리쳤다.

"이게 뭐 하는 짓이야? 그리고 뭘 내 생각만 한다는 거야?"

엄마가 화를 꾹꾹 누르는 듯한 표정과 목소리로 말했다.

"엄마 혼자 있기 싫으니까 날 끼고 살려는 거잖아. 내 미래야 어떻게 되든지 엄마 욕심만 챙기는 거 아니냐고!"

미르를 바라보는 엄마의 눈빛이 흔들렸다. 엄마는 아무 말 없이 크게 한숨을 내쉬더니 일어나 밖으로 나갔다. 미르는 너무 솔직했나 싶어 미안하면서도 참았던 말을 내뱉은 게 시원했다.

오후 2시에 시작하는 방학 특강은 월요일부터 금요일까지 하루 네 시간씩이었다. 세 시간은 춤, 연기, 노래 등 기본 수업을 듣고 한 시간은 개인 지도를 받았다. 그 뒤로는 주말에도 개방하는 연습실에서 밤 10시까지 마음대로 연습할 수 있었다.

학원은 아빠 집에서 한 시간 반 거리였다. 마을버스와 지하철을 갈아타야 했지만 그건 힘들지 않았다. 그것보다 형편없는 실력을 확인하는 게 더 괴로웠다. 미르는 그동안 기고만장했던 게 부끄러웠다. 학원 아이들은 실력도 뛰어났고 정보도 많이 알고 있었다. 그리고 여자애든 남자애든 뽀얘서 더 예쁘고 잘생겨 보였다. 그들 틈에 끼어 있으면 피서 다녀온 것도 아니면서 검게 그을린 자신은 마치 (영원히 백조가 되지 못할) 미운 오리 새끼인 것 같았다. 게다가 어느새 말투에 배어 버린 사투리 억양까지 생각하면 엄마를 향한 원망만 커졌다.

아이들은 미르에게 별 관심이 없었다. 미르 역시 한 달만 다니고 말 건데 친구를 만들고 싶지 않았다. 날마다 지적당하고 아이들과 비교해 스스로 주눅 들다 보니 학원이 점점 재미없어졌다. 예고 합격을 기대하지 말라는 엄마 말이 맞았다. 하지만 도중에 포기하고 달밭마을로 내려가 남은 방학을 보내는 건 더 싫어 꾸역꾸역 다녔다. 미르는 점점 실력도 없으면서 연습도 하지 않는 불성실한 학생이 돼 수업이 끝나자마자 학원을 빠져나오곤 했다.

학원이 있는 잠실은 번화한 곳이지만 혼자 할 수 있는 일은 많지 않았다. 서울에 오면 자주 만나리라 기대했던 소희는 방학하자마자 호주로 영어 캠프를 가서 미르가 돌아가기 며칠 전에나 온다. 혼자인 게 창피한 미르는 편의점에서 저녁을 때우거나 피시방에 가거나 카페에 앉아 있을 때도 친구를 기다리는 척하곤 했다.

날마다 거리를 배회하는 게 지겨웠지만 아빠 없는 집은 정말 남의 집 같아서 일찍 들어가고 싶지 않았다. 밤 10시에 스튜디오 문을 닫는 아빠는 11시가 다 되어야 귀가했고 주말엔 더 바빴다. 그리고 사전에 무슨 약속을 했는지 미르와 연관된 일은 대부분 아줌마에게 미뤘다. 처음 학원에 등록하던 날도 아빠는 야외 촬영 약속이 있다며 아줌마와 함께 가라고 했다.

"우리 딸, 이제 숙녀가 다 돼서 막 안지도 못 하겠는걸."

반년 만에 만나는 미르에게 아빠가 한 말이었다. 미르는 아빠가 거리를 두려는 것 같아 서운했다. 물론 친구들을 봐도 열여섯 살 나이에 아빠와 스스럼없이 스킨십을 하는 아이들은 많지 않았다. 하지만 자주 보지 못하는 데서 오는 갈증, 유니에 대한 질투, 원망과 보상 심리 등이 섞여 아빠와 있으면 늘 처음 헤어졌던 열세 살로 돌아가곤 했다.

방학이 끝나 가는데도 여전이 서먹한 아빠 집 앞에서 미르는 짧은 한숨을 쉬었다. 미르는 도어락의 비번을 꾹꾹 눌렀다.

"어서 와. 덥지? 씻고 와. 수박화채 해 놨어."

집 안으로 들어가자 아줌마가 맞이했다. 수박화채는 미르가 여름 음식 중 가장 좋아하는 거다. 편의점에서 먹은 삼각김밥은 이미 다 소화가 됐다. 라면 생각이 났지만 끓여 달라고 하기도, 직접 끓여 먹기도 눈치가 보였다. 미르는 샤워를 한 뒤 식탁으로 갔다. 수박화채와 조각 케이크가 놓여 있었다. 혼자 먹고 싶은데 아줌마와 유니까지 식탁에 앉았다. 유니는 혀 짧은 소리로 연신 쫑알거렸다. 솔직히 안 볼 때는 유니가 눈앞에 아른거리기도 하고 귀여운 생각도 들었지만 막상 함께 있으면 잘해 주고 싶은 마음이 싹 사라졌다. 미르는 식탁에 혼자 앉아 있는 것처럼 아무 말 없이 수박화채만 떠먹었다. 탄산수를 넣은 화채는 밍밍한 엄마표보다 더 맛있었다.

"미르는 말수가 적은 것 같아. 식구들하고 대화 좀 많이 나누면 좋을 텐데."

미르는 '아줌마한테 무슨 할 말이 있겠어요. 아빠하고는 아줌마 눈치 보느라 못 하는 거고 유니한테는 싫어서 안 하는 거예요. 그리고 식군 누가 식구예요.'를 "별로 할 말이 없어요."로 바꾸어 말했다. 그때 유니가 미르의 케이크를 손으로 떼어다 입에 넣었다. 미르는 유니 앞으로 접시를 확 밀어버리고 싶은 걸 참으며 조용히 말했다.

"너, 다 먹어."

"유니야, 그러는 거 아냐. 미르 거 다시 줄게."

"아니에요. 저 치즈 케이크 별로 안 좋아해요."

물어보지도 않고 내놓았으니 무례한 건 아니라고 미르는 생각했다.

"참, 치즈 종류 안 좋아한다고 했지. 깜빡했네. 다음엔 다른 걸로 사 올게. 이제 갈 날이 며칠 안 남았네. 서운하다. 내일 학원 쉬는데 우리 어디 놀러 갈까?"

아줌마와 유니랑만 가는 것도 싫고, 유니만 챙길 아빠와 같이 가는 것도 내키지 않았다.

"학원 가서 연습해야 돼요."

그때 아줌마 휴대폰이 울렸다. 아빠였다. 미르를 묻는지 아줌마가 지금 와서 간식 먹는다고 대답했다. 아빠 전화인 줄 안 유니가 바꿔 달라고 떼를 썼다. 유니가 뭐라고 떠드는 걸 보며 미르는 내심 아빠가 자기도 바꾸라고 말하길 기다렸다. 하지만 아빠는 유니하고만 통화한 뒤 그냥 끊었다. 미르는 눈물이 날 것 같았다. 통화를 못 해서만은 아니었다. 학원 오가는 길에 아빠와 자주 메시지도 하고 통화도 했다. 미르는 집에서도 당당하게 아빠의 사랑을 받고 싶었다. 아빠에게 가장 소중한 사람은 미르란 사실을 아줌마와 유니에게 보여 주고 싶었다.

"그래도 시간 한번 내 봐. 그동안 학원 다니느라 놀지도 못했잖아. 학원이 멀어서 다니기 힘들었을 텐데 내색 한 번 안 하고 정말 대견해. 그런 성실함이면 뭐든지 하겠어."

미르가 어떤 기분인지도 모르고 아줌마가 말했다.

"버스가 하루에 여섯 번밖에 안 다니는 데서 살다 보면 누구나 그럴 수 있어요. 그만 들어가서 쉴게요."

벌떡 일어난 미르는 화채에 들어 있던 얼음을 소리 내 깨물며 자기 방, 아니 유니 방으로 들어갔다. 유니가 졸졸 따라왔다.

"나가. 잘 거야."

미르는 유니를 째려보며 말했다. 미르의 사나운 표정에 움찔한 유니가 눈치를 보면서도 대꾸했다.

"시어, 놀 거야."

미르는 콩알만 한 유니가 퐁당퐁당 말대꾸를 하는 게, 아빠가 저를 가장 사랑한다고 믿어서인 것 같아 더 약 오르고 화가 났다. 세 개의 방 중, 아빠와 아줌마가 쓰는 안방, 서재 겸 창고라 공간이 없는 방 하나를 빼면 유니 방에서 잘 수밖에 없었다. 아줌마가 미르의 방도 된다고 했지만 유니는 자기 방이라며 자꾸 들어왔다.

"평소엔 잘 가지도 않으면서 언니가 오니까 좋아서 그래."

미르는 자기를 좋아하는 유니가 하나도 반갑지 않았다.

"몰라. 불 끌 거야."

미르는 불을 꺼 버리곤 침대에 누웠다. 갑자기 캄캄해지자 유니가 울음을 터뜨렸다. 자기도 모르게 벌떡 일어난 미르가 유니 입을 막는다는 게 잘 보이지 않아 그만 껴안은 꼴이 되고 말았다. 유니가 울음을 그치며 미르 품에 폭 안겨 왔다. 아이를 떠밀려는 순간에 아줌마가 들어왔다. 미르는 얼른 유니를 놓고 침대에 누워 이불을 뒤집어썼다.

"유니야, 언니 피곤해. 그만 귀찮게 하고 나가자. 미르야, 잘 자."

아줌마가 유니를 데리고 나가며 말했다.

"언니, 잘 자."

유니의 인사에도 미르는 대꾸하지 않았다.

방문이 닫히자 미르는 이불을 내렸다. 왈칵 눈물이 솟구치며 엄마가 보고 싶었다. 엄마와 한 침대에 누워 수다를 떨다 잠들고 싶었다. 그동안 엄마에게 짜증은 냈지만 힘든 걸 내색한 적은 없었다. 그냥 내려오라고 할까 봐 걱정되었고, 다시는 아빠 집에 안 보내 주거나 아빠 탓을 하는 것도 싫어서였다.

소희가 영어 캠프를 마치고 돌아왔다. 주말이라 학원 연습실에 가던 미르는 소희로부터 만나자는 메시지를 받았다. 지금 기분으로는 소희도 반갑지 않았다. 방학 내내 학원 아이들에게 열패감과 박탈감을 갖고 지냈는데 소희의 호주 이야기를 들으면 또 어떤 마음이 될지 두려웠다.

– 시차 적응 같은 거 안 해도 돼?

미르는 정말 만나고 싶지 않아서 그렇게 대꾸했다. 꼭 할 말이 있다는 소희의 메시지에 미르는 가던 길을 바꾸어 약속 장소로 갔다. 사실 연습실도 그다지 가고 싶은 곳은 아니었다.

홍대입구역에 처음 간 미르는 역과 거리를 배경으로 사진을 찍어 SNS에 올렸다. 미르의 SNS에는 적극적으로 신나게 서울 생활을 즐기는 모습이 가득했다. 미르는 소희가 일러 준 출구에 서서 소희를 기다리며 자기 감정과 동떨어진 사진들을 남의 것인 양 보았다.

소희가 갑자기 다가와 "강미르!" 하고 소리쳤다. 미르는 깜짝 놀랐다 웃음을 터뜨렸고, 왈칵 반가움이 밀려왔다. 둘은 팔짱을 끼고 걸으며 마음에 드는 카페를 찾기 시작했다. 소희는 미르보다 더 검게 탄 모습이었다.

"엄청 까매졌네. 비싼 돈 내고 가서 놀다만 온 거 아니야?"

소희를 놀리려고 한 말에 미르는 스스로 찔리는 기분이 됐다.

"액티비티 때문에 많이 탔어. 너는 하얘졌네."

"그래도 학원에 가면 내가 젤 까매."

소희와 함께 예쁜 카페에 가자 언제 우울했나 싶게 기분이 좋아졌다. 잠시 뒤 주문한 크로플과 스무디가 나왔다.

"할 말이란 게 뭐야? 혹시 호주 이야기면 배 아프니까 하지 마라."

미르는 농담처럼 진심을 말했다.

"나 외고 시험 안 보려고."

소희가 툭 던지듯 말했다.

"뭐? 갑자기 왜?"

빨대를 입에 문 미르 눈이 둥그레졌다.

"갑자기는 아니고 계속 고민했는데 호주에 가서 결정한 거야. 어제 공항에서 오면서 엄마한테 말하려고 했는데 분위기상 못 했어. 자꾸 미루다 말 못 하게 될까 봐 너한테 먼저 선언하는 거야. 강미르, 나 진짜 외고 안 갈 거다!"

소희는 음료수도 마시지 않고 숨 가쁘게 말했다.

"그니까 이유가 뭐냐고! 자신 없어서?"

"자신 있고 없고의 문제가 아니라 관계의 문제 때문이야."

미르는 소희가 무슨 말을 하는지 이해가 되지 않았다.

"넌 무슨 짓을 해도 엄마가 널 사랑할 거란 믿음이 있지?"

한 번도 진지하게 생각해 본 적은 없지만 그런 것 같았다. 믿는 구석이 있으니까 맘껏 화도 내고 짜증도 내는 거겠지.

미르는 고개를 끄덕였다.

“근데 난 아니야. 어렸을 때부터 내가 잘하지 않으면 아무도 날 사랑해 주지 않을 거란 불안함이 있었어. 할머니한테도, 다른 사람들한테도. 엄마랑 사는 지금도 여전히 그런 마음이 남아 있어. 엄마는 아빠나 아빠 쪽 가족한테 기 안 죽으려고 나를 외고에 보내려는 거 같아. 외고에 가면 이제 명문대를 기대하겠지. 근데 보상으로 사랑받는 거 이제 안 하려고. 부모라면 자식이 공부 못해도, 잘못해도 사랑해야 하는 거잖아.”

소희가 결연한 어조로 말했다. 미르는 그 말이 무슨 뜻인지 이해는 갔지만 납득은 되지 않았다.

“그치만 외고 가면 우선 너한테 좋은 거잖아. 성적이 안 되면 할 수 없지만 다들 못 가서 난린데 왜…….”

떨어질지 모르니까 구실을 만들어 낸 건 아닌가 하는 의심도 살짝 들었다.

“그래. 날 위해서도 안 가려는 거야. 이번에 영어 캠프에 가서 많이 힘들었어. 외고에 가면 더 심할 것 같아. 아무리 정소희가 돼서 부잣집 딸 코스프레를 해도 내 속은 달밭마을 윤소희야. 전엔 윤소희를 감추려고만 했었는데 생각해 보니까 그걸 버리면 내가 아닌 거야. 작가가 되겠다면서 진짜 나를 버리면 안 되는 거잖아."

맞다, 소희 꿈이 작가였다. 초딩 때 그 말을 듣고 '작가는 아무나 하나?' 하고 속으로 비웃었던 게 떠올랐다. 그런데 소희는 여전히 그 꿈을 갖고 있었다. 그때 내 꿈은 뭐였지? 하도 많이 바뀌어서 미르는 기억도 나지 않았다.

"내 생각이 맞는 거지? 그렇지, 강미르?"

소희가 물었다. 미르는 이미 수많은 꿈을 저세상으로 보내고, 새로운 꿈마저 무덤에 보내고 싶어 하는 자신은 대답할 자격이 없는 것 같았다.

"부잣집 딸 됐으면 그냥 닥치고 누리면 되지 너도 참 복잡하게 산다."

미르가 한숨을 쉬며 말했다.

"그래도 이런 이야기 마음 편하게 할 수 있고 온전하게 이해해 줄 친구는 너뿐이야."

멋쩍어진 미르는 남은 스무디를 쭉 빨아들였다. 너무 찬 걸 한 번에 삼키자 골이 띵했다.

"너는 뮤지컬 배우 되고 나는 작가 되면 정말 좋겠다. 우리 서로 응원해 주자."

소희가 한결 개운해진 얼굴로 말했다.

"끝까지 범생이 멘트네."

말은 그렇게 했지만 그동안 느꼈던 외로움이 일시에 사라지는 것 같았다.

소희와 헤어진 미르는 학원으로 향했다. 자신을 믿고 응원해 주는 친구에게 최소한의 예의를 지키고 싶었다. 그러자 소희의 외고 포기가 마냥 좋지만은 않았다. 미르는 페이스메이커가 낙오한 뒤 남은 길을 혼자 달려야 하는 마라토너가 된 기분이었다.

은방울꽃

저녁은 있는 반찬을 넣고 비벼 먹기로 했다. 바우는 숟가락을 들고 아빠가 밥을 다 비비기를 기다렸다. 급식을 시원찮게 먹었더니 배가 고팠다.

"참, 소희네 집 팔렸다더라."

고추장을 떠 넣던 아빠가 문득 생각난 듯 말했다. 바우의 가슴이 추락하는 꿈을 꿀 때처럼 서늘하게 내려앉았다.

"그게 무슨 소리예요?"

바우는 잘못 들었기를 바라며 물었다.

"소희네 집 팔렸다니까. 오늘 아침에 내놨는데 마침 집 찾고 있던 사람이 오후에 와서 바로 계약하고 갔대."

"갑자기 집을 왜 팔아요?"

가슴에 소희네 집 마당만 한 구멍이 생긴 것 같았다.

"소희 작은엄마가 미용실을 넓힌다나 봐. 잘됐지. 나중에 와서 살 것도 아니고 집 비워 놔 봐야 심란하기만 하지, 뭐. 그만하면 값도 잘 받았어."

아빠가 마지막으로 들기름을 넣은 비빔밥 그릇을 가운데 놓았다.

"비빔밥엔 역시 들기름이 들어가야 맛있어. 어서 먹어."

한 숟가락 가득 퍼 입에 넣은 아빠가 말했지만 바우는 위장을 잘라 낸 듯 식욕이 사라졌다.

"와서 살 거래요?"

가끔 도시 사람들이 투자나 노후용으로 사 놓은 채 비워 두는 집이 있었다. 바우는 소희네 집이 팔린 게 사실이라면 그런 사람이 샀기를 바랐다.

"내일부터 바로 집수리 들어간다는 거 보니까 그럴 모양이지. 이제 그 집 신경 그만 쓰고 공부나 해. 방학 내내 거기서 살았잖아."

아빠가 새삼스레 못마땅한 기색으로 바우를 보았다.

여름 잡초는 뽑고 돌아서면 다시 고개를 내밀 만큼 세력이 왕성해 계속 손질을 해 줘야 했다. 바우는 방학 내내 간식과 얼음물을 챙겨가 비밀 정원에서 살다시피 했다. 바우가 일하는 동안 벌들은 잉잉거리며 꿀을 모았고 개미들도 부지런히 씨앗이며 빵 부스러기를 날랐다. 바우가 쉴 때는 나비가 나폴나폴 춤을 추었고 매미들이 소리를 모아 합창했다. 화단의 꽃들 역시 바우 손길에 보답하듯 나날이 다른 모습을 보여 주었다. 정원에서 바우는 남들의 시선과 생각으로 만들어진 모습 대신 온전한 자기 자신으로 돌아갔다.

바우는 남들이 자신을 어떻게 생각하는지 알고 있었다. 말 없음을 생각까지 없는 걸로 여기며 무시하는 사람도 많았다. 그런 평가에 무심한 척했지만 사실은 억울하고 속상했다. 그러면서도 스스로가 생각하는 자신과 남들이 생각하는 자신 중 선택해야 할 때가 있으면 대부분 후자를 따랐다. 주목받는 게 더 힘들기 때문이었다. 하지만 정원에서는 낯가릴 일도, 남들이 자신을 어떻게 생각할지 걱정할 일도, 생각을 말로 바꿔야 할 때 느끼는 어려움도 없었다. 그냥 자기 자신으로 충분하고 충만했다. 그런 공간이 이제 사라진다.

"다음 달부터 학원 다녀. 고등학교 가도 기숙사 반에 들어가야 서울에 있는 대학 구경이나 할 수 있다더라."

아빠는 소희네 집이 팔렸다는데 3년도 더 남은 바우의 대학 걱정을 하고 있다. 소희 할머니를 어머니처럼 생각했고, 엄마가 세상을 떠난 뒤 신세도 많이 졌다. 그런데도 바우가 소희네 집을 돌보는 걸 못마땅해하고, 그 집이 팔렸다는데 서운해하지도 않는다. 아빠의 채근에 못 이겨 떠 넣은 밥알들이 화단에서 골라낸 돌멩이처럼 바우 입 속을 돌아다녔다.

저녁을 먹은 뒤 바우는 파스를 붙여 달라는 아빠 말을 못 들은 척하고 집을 나왔다. 계속 같이 있다간 실망스러운 감정을 터뜨릴 것 같았다. 간신히 넘긴 밥이 위 속에서 덜그덕거리며 부딪히고 있었다. 자전거를 타고 초등학교 운동장이라도 돌다 와야 소화도 되고 설명하기 힘든 마음을 달랠 수 있을 것 같았다.

바우는 봉실이가 놀아 달라고 펄쩍펄쩍 뛰는 걸 외면한 채 자전거를 끌고 밖으로 나갔다. 짙은 노을이 들판까지 붉게 물들이고 있었다. 자전거에 올라탄 바우는 소희네 집 앞을 지나갈 때 더 세게 페달을 굴렀다. 휙휙 스쳐 가는 바람이 날카로운 칼날이 돼 몸이고 마음이고 마구 베는 것 같았다.

동네를 벗어나 한참을 달리던 바우가 갑자기 멈췄다. 어느덧 노을이 사라지고 어스름이 깔리고 있었다. 바로 어둠이 밀어닥칠 거다. 바우는 아직 희미한 빛이 남아 있을 때 비밀 정원을 봐 두고 싶었다. 어둠이 정원을 삼켜 버리기라도 하듯 바우는 초조한 마음으로 왔던 길을 되돌아갔다.

바우는 가쁜 숨을 몰아쉬며 자전거에서 내렸다. 문고리의 끈을 푸는 손이 떨렸다. 이제는 남의 집이니 이렇게 들어가는 것도 안 된다. 내일부터는 아예 다른 자물쇠가 걸릴 수도 있다. 소희네가 살 때도 자주 들르던 곳이지만 빈집이 된 뒤로는 날마다, 잘 때를 제외하면 집에 있는 시간보다 더 오랫동안 머물렀다. 아무리 남의 집이 됐어도 비밀 정원과 헤어질 시간쯤은 가져도 된다고 바우는 속으로 말했다.

문을 연 바우는 조심스럽게 발을 디뎠다. 금방이라도 바뀐 집주인이 나타나 호통을 칠 것 같았다. 바우는 사람이 사는 것처럼 깨끗한 앞마당을 지나 뒤란으로 갔다. 땅거미가 깔리고 있었지만 꽃들은 더 밝은 빛을 내며 바우를 반겼다. 흰 꽃이 조로롱 피었던 자리에 도토리 같은 열매가 달린 은방울꽃의 잎이 무성했다. 여름꽃이 지는 자리에 가을꽃들이 필 준비를 하고 있었다. 바람에 꽃과 나무들이 출렁거렸다. 그동안 충실한 조력자이자 친구였던 바우에게 온 힘을 다해 인사하는 것 같았다. 바우는 비밀 정원을 가슴속에 새겨 놓으려는 듯 부릅뜬 눈이 시릴 때까지 바라보았다.

일손이 부족한 농촌 집들은 잡초를 감당하지 못해 마당을 콘크리트나 보도블록으로 덮는 경우가 많았다. 마당뿐 아니라 길도 마찬가지여서 큰길은 물론 마을 안까지도 다 포장이 되어 있다. 새로 이사 오는 사람들도 마당을 덮을지 모른다. 마구 파헤쳐진 정원과 뽑혀 버린 꽃들을 떠올리자 바우는 가슴이 미어지는 것 같아 그 자리에 쭈그리고 앉았다. 그러곤 캄캄해질 때까지 있었다. 어둠이 눈에 익어 정원의 형체는 보였지만 꽃들은 불이 꺼진 것처럼 자기 색을 잃었다. 바우의 마음속도 암흑으로 변했다.

살아 있는 모든 것들은 이별하고 또 언젠가는 소멸한다. 백 년도 못 사는 사람은 물론 오백 년이나 살아 있는 느티나무도 언젠가는 제 명을 다할 거다. 45억 년 된 지구조차도 영원할 수는 없다. 그런 생각을 했지만 바우는 조금도 위안받지 못했다. 그저 눈을 부릅뜬 채 비밀 정원이 속절없이 어둠 속으로 사라지는 걸 아프게 바라보았다.

바우는 먼 길인 양 자전거를 끌고 터덜터덜 집으로 돌아갔다. 거실에서 아빠가 컴퓨터로 바둑을 두고 있었다. 아빠의 유일한 취미였다. 바우는 아빠가 바둑에 정신이 팔린 걸 다행으로 여기며 방으로 들어갔다. 책상 위에서 모기향이 타고 있었다. 아빠가 피워 놓은 모양이었다. 9월이 됐어도 여전히 덥고 모기가 많았다.

책상 앞에 앉았지만 숙제를 할 마음이 나지 않았다. 바우는 컴퓨터로 그동안 찍어 둔 정원과 꽃 사진들을 보기 시작했다. 이제는 소희네 집 마당이 아니라 바우만의 정원이다.

사라지고 나면 아무도 기억하지 못할 진짜 비밀 정원. 작년 가을에 이식한 뒤 올해 꽃을 피운 기념으로 찍은 은방울꽃이 화면에 가득했다. 재이가 팬지의 꽃말을 말해 준 뒤부터 바우는 다른 꽃들의 꽃말도 찾아내 사진과 함께 기록해 두었다. 은방울꽃의 꽃말은 '순결', '다시 찾은 행복', '기쁜 소식' 등 여러 가지가 있었다. 청초한 모습이 순결해 보이기는 하지만 절대로 다시 찾은 행복이나 기쁜 소식은 아니다.

갑자기 문이 열리더니 아빠 머리가 쑥 들어왔다. 바우는 얼른 화면을 내렸다. 아빠는 짐짓 모르는 척하며 말했다.

"잘 때는 모기향 끄고 자. 계속 냄새 맡으면 해로워."

문이 닫히자 바우는 다시 화면을 띄웠다. 아빠는 바우가 그 또래 남자아이들처럼 게임에 열광하지 않는 걸 이상하게 여기다 못해 걱정까지 했다. 선택적 함구증이라는 남다른 병으로 애를 태웠던 아빠는 바우가 보통 애들 같기를 바랐다. 물론 바우도 간간히 게임을 했다. 다른 집 애들처럼 부모와 불화를 일으킬 만큼 큰 흥미를 느끼지 못할 뿐이었다.

SNS는 더했다. 아이들은 너 나 할 것 없이 SNS에다 자신의 삶을 펼쳐 놓았다. 미르도 서울에 가 있는 방학 내내 학원과 카페와 거리에서 셀카를 찍어 올렸다. 재이 역시 책이나 영화, 음식, 여행 등에 관한 글을 올렸다. 소희도 마찬가지였다. 사진이 취미라더니 호주에 가서도 틈날 때마다 그곳의 풍광을 찍어 올렸다. 처음엔 그 애들이 사는 모습을 보는 게 흥미로웠지만 점점 시들해졌다.

바우는 비밀 정원을 이루었던 꽃 사진들을 계속해서 보았다. 하나하나마다 함께한 시간들이 생생하게 떠올랐다. 그때 재이로부터 메시지가 왔다. 바우는 그 누구와도 이야기하고 싶은 기분이 아니었지만 질문이 관심을 끌었다.

- 너, 월전 1리에 사는 거 맞지?
- ㅇㅇ
- 대박! 우리 니네 동네로 이사 가
- ????
- 우리 집 이사 간다고. 월전 진료소 있는 동네면 니네 동네 맞잖아
- 응

바우는 얼떨떨했다. 소희네 집이 팔렸다고 할 때만큼이나 멍해졌다. 재이는 흥분해서 경위를 설명했다. 그동안 전세로 살았는데 이사할 집을 찾고 있던 중 마음에 드는 집이 나와 아예 샀다고 했다.

- 엄마한테 얘기 듣는데 딱 너희 동네란 감이 오는 거야. 미르네 엄마가 진료소 소장님이잖아

소희네 집을 산 사람이 재이네가 아니라고 생각하는 게 더 어려웠다. 바우는 아무 대꾸도 하지 못했다. '기쁜 소식', '다시 찾은 행복' 같은 은방울꽃 꽃말만 떠올랐다.

- 낼부터 집수리한대. 이번 주말에 나랑 내 동생도 같이 가기로 했어. 그때 보자

그때 보자는 말에 바우는 정신이 번쩍 들었다. 그리고 재이네가 이사 오는 게 반갑지 않음을 깨달았다. 소희네 집이 팔려서가 아니라 아빠와 단둘이 사는 모습을 재이에게 보이고 싶지 않아서였다.

인사까지 나눴던 재이한테 다시 메시지가 왔다. 사진까지 첨부돼 있었다. 삽목에 성공해 재이에게 나눠 주었던 제라늄이었다.

- 제라늄에 꽃망울 생겼다. 완전 예뻐!!!

통통 여문 볍씨 같은 꽃망울을 조롱조롱 달고 있는 제라늄의 꽃말은 '그대가 있어 행복합니다.'였다.

재이네 집

갑자기 느티나무 쪽에서 떠드는 소리가 들려왔다. 고향에 추석 쇠러 왔던 사람들이 돌아가는 모양이다. 달밭마을 사람들은 꼭 느티나무 아래서 다시 작별 인사를 했다. 올 때도 느티나무 아래 멈춰서 나무에 얽힌 추억들을 되새기며 떠들곤 했다. 나무 옆 진료소 사택에 사는 미르는 명절 때가 되면 밤낮 가리지 않고 들려오는 소음에 시달려야 했다.

"아, 시끄러. 이러니까 여행 가자고 했잖아."

점심을 먹으며 미르가 툴툴거렸다. 식탁은 동네 할머니들이 갖다준 추석 음식으로 가득했다. 사흘째 먹어 물릴 지경이었다.

"뉴스 안 봤어? 전국 도로가 주차장인데 무슨 고생을 하려고 여행을 가."

"누가 국내 여행 가쟀어? 해외여행 가자는 말이지. 진료소도 문 닫는데."

"사흘 동안 해외여행을 어떻게 가니? 그리고 어젯밤에 응급 환자 오는 거 봤잖아."

엄마가 부스스한 얼굴로 말했다. 한밤중에 대추나무 집 할아버지네 손주가 급체로 다녀갔다. 진료소 바닥에 토해 놓는 바람에 엄마는 청소까지 하느라 잠을 설쳤다고 했다.

"그건 엄마가 진료소에 있는 거 아니까 온 거잖아. 문 닫으면 시내 병원으로 가든지 알아서 했겠지."

"연휴 좀 더 길 때 한번 시도해 보자. 근데 이제 너 고등학생 되는데 놀러 다닐 시간이 날지 모르겠다."

"됐어. 내 핑계 대지 마. 파란대문집 할머니 혈당 걱정되고 기와집 할아버지 고혈압 걱정돼서 어떻게 진료소를 비우시겠어. 엄마, 국회의원 나갈 거야? 왜 그렇게 열심이야?"

"뽑아 주면 하지. 국회의원 되면 농어촌 보건 의료 예산 팍팍 지원해 줘야지."

"짜증 나."

미르는 밥그릇을 비웠으면서도 엄마 때문에 그만 먹는 양 일어섰다. 계속 앉아 있다간 궁금하지도, 재미있지도 않은 이야기를 듣거나 설거지를 해야 할 게 뻔했다. 엄마는 요즘 들어 말이 많아지고 전화 통화로 하는 수다도 길어졌다.

방으로 들어온 미르는 두고 나갔던 휴대폰을 확인했다. 그 사이 SNS에 새 글들이 많이 올라왔다. 거의 추석 음식 사진, 용돈 받은 이야기, 친척들이랑 비교당해 짜증 난다지만 결국은 명문대 다니는 사촌 자랑 등등이었다. 아무것도 말할 게 없는 미르는 아이들 글도 보기 싫고 댓글은 더더욱 쓰고 싶지 않았다.

미르는 게임을 조금 하다 음악을 켜 놓은 채 침대에 누웠다. 엄마와 단둘이 살게 되면서 명절과 기념일들이 외로울 수 있다는 걸 알았다. 설은 방학 때 있어서 할머니 댁과 삼촌 집에라도 갔지만 추석엔 아무 데도 안 갔다. 유니는 할머니 댁에 차례 지내러 갔을 거다. 온갖 재롱을 떨며 귀염을 독차지하고 있겠지. 흥, 그러라지, 하는데 문득 아줌마가 했던 말이 생각났다.

학원 방학 특강이 끝난 날 아줌마가 할 말이 있다고 했다. 아빠 집에 있는 내내 유니와 아줌마를 뿌루퉁하게 대했던 미르는 긴장을 해서 마주 앉았다. 그동안 참았던 걸 몰아서 혼내려는 건지 몰랐다.

"어느새 내일 가네. 그동안 많이 불편했지?"

"뭐……."

미르는 대꾸할 말을 찾지 못해 얼버무렸다.

"유니 낳기 전엔 솔직히 미르 네가 그렇게 예쁘지 않았어."

그렇기는 미르도 마찬가지였다.

"조카뻘 나이인 널 딸로 생각하기도 부담스러웠고."

학원에 등록하러 갔을 때 관계를 묻는 학원 선생님에게 아줌마는 미르 눈치를 보더니 이모라고 했다. 누가 봐도 아닌데 엄마라고 할까 봐 걱정이었던 미르는 가슴을 쓸어내렸다. 센스가 있다고 생각했는데 이제 보니 아줌마가 중딩 엄마 노릇 하는 게 싫었던 거였다. 아줌마는 커피를 한 모금 마셨다. 미르도 허브차를 마셨다. 라벤더 차라는데 화장품 냄새가 나는 것 같아 별로였다.

"그런데 유니 낳고 나니까 네가 달리 느껴지더라. 넌 유니 언니잖아. 네가 유니만큼 예쁘다는 말은 솔직히 못 하겠어. 그래도 나중에 우리가 죽고 나면 자매끼리 의지하며 살겠구나, 싶어 안심이 되고 너도 유니만큼 소중한 생각이 들어."

뭐야, 나중에 유니 잘 봐주라는 얘기네. 꿈도 야무지셔. 나중에 둘만 남았을 때 막 구박해야지. 생각만 해도 속이 풀리는 것 같다 슬퍼졌다. 언젠가는 엄마도, 아빠도 세상에 없는 날이 온다.

"그리고 미르야, 사랑이란 건 양이 정해져 있는 게 아닌 것 같아. 아빠한테 나나 유니가 생겼다고 해서 너를 사랑하는 마음이 줄어든 건 아니라는 소리야. 아빠 첫딸은 미르, 너야. 함께하지 못해서 더 아픈 손가락이고. 그건 잊지 마."

자기 말에 스스로 감동한 듯 아줌마 목소리가 약간 젖어 들었다. 솔직히 미르도 울컥했지만 다행히 눈물을 흘리지는 않았다. 아줌마 앞에서 우는 모습을 보이고 싶지 않았다.

미운 정도 정인지 유니가 보고 싶어지려고 했다. 아빠한테 인사하는 척하면서 유니 목소리라도 들을까 하는데 메시지가 왔다. 큰집과 엄마 본가에 갔던 재이가 방금 돌아왔다며 놀러 오라고 했다. 미르는 카디건을 찾아 입고 방을 나갔다. 엄마는 왁자지껄한 예능 프로그램을 켜 놓은 채 방에 들어가 누군가와 통화를 하고 있었다. 보나마나 삼촌이나 숙모겠지. 미르를 본 엄마가 눈으로 용건을 물었다.

"나, 재이네 갔다 올게."

"집에 왔대? 재이 엄마 피곤하지 않으면 커피 마시러 오시라고 해."

엄마가 통화를 멈추고 말했다. 열흘 전쯤 재이네가 이사 왔을 때 엄마는 엄청나게 좋아했다. 미르는 엄마에게 바우 아빠 아닌 다른 친구가 생긴 게 기뻤다. 미르도 마찬가지였다.

연극 공연이 성공적으로 끝난 덕분에 미르와 재이 사이는 한결 좋아졌다.

"이번 연극은 니가 다 살린 거나 마찬가지야. 진짜, 완전 고마워."

재이가 공을 미르에게 돌리자 남은 앙금마저 사라졌고 같은 동네에 살게 되면서 빠르게 가까워졌다.

복실이에게 간식을 주고 진료소를 나온 미르는 느티나무를 올려다보았다. 잎들에서 녹색 기운이 빠지고 있었다. 조금 있으면 노란색부터 갈색까지 물든 잎들로 주변까지 환해질 거다. 미르가 느티나무를 처음 보았을 때는 잎이 다 떨어져 가지를 밧줄로 걸어 맨 초라한 모습이 고스란히 드러나 있었다. 아직 그 모습을 보지 못한 재이는 위풍당당한 느티나무에 탄성을 질렀다. 재이는 나무도, 동네도 아주 마음에 들어 했다. 게다가 미르와 바우까지 있어 더 좋다고 했다.

10월 하순에 있는 청소년 연극제에 나가기로 한 터라 셋은 계속 한배를 탄 운명이었다. 미르는 연극 연습에 더 적극적으로 임했다. 대회에서 수상하면 입시에 좀 더 유리할 거라는 계산도 있었지만 그보다는 꿈꾸는 길에 확신을 갖고 싶어서였다.

서울 학원 선생님이 솔직하게 말한다며 미르는 실력도 실력이지만 열정이나 개성이 부족한 게 더 큰 문제라고 했다. 아무리 노래 잘하고 춤 잘 추고 연기를 그럴듯하게 해도 자신만의 개성과 에너지가 없으면 사람들을 감동시킬 수 없다. 실력만 키우면 된다고 생각했는데 뜻하지 않은 장애물을 만난 것 같았다.

방학 특강 수업을 받고 난 뒤 미르는 오히려 자신감이 줄어들었다. 달밭마을로 내려와 다시 다니기 시작한 시내 학원에서도 전처럼 즐겁지가 않았다. 하지만 비록 중학생들의 어설픈 공연이었지만 무대 위에서 느꼈던 전율은 언제나 생생했다. 미르는 다시 한 번 그 기분을 맛보고 싶었다. 그래야 계속할 용기도, 힘도 생길 것 같았다.

예고에 붙지 못하면 달밭마을을 떠날 일도 늦어진다. 이러다 대학도 여기서 다니게 되는 건 아닌지 불안했다. 달밭마을을 떠나는 방법이 없지는 않았다. 엄마가 다시 서울에 있는 병원으로 가면 된다. 미르는 예고에 떨어지면 어떻게 해서든 엄마 직장을 서울로 옮기게 하리라고 마음먹고 있었다.

미르는 마을로 난 비탈길을 내려갔다. 한적하던 마을은 집 앞마다 늘어선 차들이며 부쩍 많아진 사람들, 떠드는 소리로 활기찼다. 흰색 나무 울타리와 나지막한 문을 단 재이네 집은 소희네가 살던 때와 딴 집이 됐다. 재이 아빠가 만들었다는 나무 우체통에 네 식구 이름이 나란히 적혀 있었다. 미르는 얼른 우체통에서 시선을 떼곤 마당으로 들어갔다.

미르 눈에 재이는 무엇 하나 부족한 게 없어 보였다. 가족이 함께 살고, 친구도 많고, 이곳 생활에도 만족해하는 것 같았다. 그런데도 미르는 재이의 진짜 속마음이 궁금하곤 했다. 정말 여기 생활이 안 답답한지, 점점 시골 아이가 돼 가는 게 속상하지 않은지, 서울에 가면 위축감이 들지는 않는지…….

"미르 언니!"

현관문을 열고 나오던 재윤이 미르를 반겼다. 아토피가 재이보다 심한 재윤은 얼굴에도 상처가 있었다. 신이 공평하다는 걸 증명하기 위해 재이 자매에게 아토피성 피부염이라는 병을 준 걸까. 하지만 재윤은 늘 웃는 표정이다. 고통스러울 정도로 가렵다는데도 말이다.

"안녕. 어디 가는 거야?"

"응. 세아네 집에."

세아는 엄마가 베트남 사람이다. 재윤이 전학 오기 전까지 달밭마을의 초등학생은 그 집 남매와 부녀회장 할머니 손녀뿐이었다.

"벌써 친구 됐어?"

"당연하지, 같은 반인데."

미르는 소희, 바우와 친구가 되기까지 몇 개월이 걸렸었다. 참 붙임성 있는 자매라고 생각하는데 재이가 소리를 들었는지 내다봤다.

"얼른 들어와."

인테리어를 하는 재이 아빠 친구 솜씨로 집 내부도 완전히 바뀌었다. 낡고 우중충했던 소희네 집은 이제 기억도 나지 않았다. 서울 다녀온 짐 정리를 하고 있던 재이 엄마가 미르를 반겼다.

"추석 잘 지냈어?"

"네. 엄마가 시간 되면 커피 마시러 오시래요."

"안 그래도 명절 음식 좀 갖다주려고 했어."

재이 엄마는 두 살 많은 엄마를 언니라고 불렀다.

"할머니들이 갖다줘서 음식 많아요."

미르가 웃으며 말했다.

"나는 바우네 집에 가서 형님이랑 바둑이나 한판 두고 와야겠다. 오늘은 쉬겠지."

재이 아빠가 마무리 정리로 빈 가방을 다용도실에 넣으며 말했다. 재이 자매가 붙임성 좋은 건 부모한테 물려받은 유전자 덕분인 듯했다. 재이네 가족은 몇 년은 산 것처럼 마을 사람들과 잘 어울렸다.

"이제 우리 둘뿐이다."

엄마 아빠가 나가고 나자 재이가 좋아했다.

"그럼 바우도 부를까?"

"맘대로 해."

재이는 번지는 미소를 감추지 못했다.

미르가 바우에게 재이네 집으로 오라는 메시지를 보냈다. 재이와 친해지면서 둘이 잘되기를 적극적으로 밀어주는 중이다. 재이는 미르에게 바우를 향한 감정을 솔직하게 털어놓았다. 미르 추측대로 작년부터 관심을 갖게 됐고 본격적으로 좋아하기 시작한 건 올봄부터라고 했다. 평소 성격으로 봐선 대놓고 고백할 것 같은데 그러지 않는 게 이상했다. 재이가 이유를 말했다.

"바우는 갑자기 들이대면 당황해서 도망갈 것 같아. 천천히 가려고. 그래도 연극하면서 많이 친해졌다."

"안 답답해? 바우는 니가 좋아하는 거 눈치도 못 채고 있는 것 같던데."

옆에서 보는 미르가 더 답답할 지경이었다.

"아토피 때문에 얻은 게 뭔지 알아?"

대답 대신 날아온 재이의 질문에 미르는 고개를 저었다.

"참을성. 다른 애들이 과자나 아이스크림 먹는 거 보면 진짜 먹고 싶어 미칠 것 같거든. 근데 그거 먹으면 금방 탈 나는 걸 아니까 참는 거야. 이렇게 생긴 인내력을 다른 일에도 적용하게 돼."

소희도 그렇더니, 이 집터엔 애들을 애어른으로 만드는 기운이 있는 모양이다.

바우한테 '왜?'라는 답이 왔다.

- 그냥 텨 와라. 빨리 안 오면 죽는다

재이가 끼자 미르는 오래된 동네 친구처럼 바우가 편해졌다. 그리고 예전, 바우와 자기 사이에서 소희가 하던 역할을 맡게 됐다.

바우가 왔다. 바우는 소희가 살 때는 물론 그 뒤에도 제 집처럼 드나들었으면서 낯선 곳에 온 양 쭈뼛거렸다. 이런 애가 어디가 좋다고. 미르는 둘 모르게 고개를 저었다.

"뭐 할까?"

부산스레 먹을 걸 내온 재이가 상기된 얼굴로 물었다. 바우는 뭘 해도 상관없다는 표정이었다.

"영화 볼래?"

미르도 좋았다. 사실 재이와 둘이라면 수다를 떨며 놀 텐데 바우가 끼자 할 게 없었다. 바우도 고개를 끄덕였다.

"뭐 볼까? 여기서 골라 봐."

재이가 DVD장을 가리키며 미르와 바우에게 말했다. 영화가 가득 꽂혀 있었다. 재이네 가족이 오랫동안 모은 거라 요즘도 DVD로 보는 걸 좋아한다고 했다.

"이사하면서 다시 또 보고 싶은 영화만 남겨 놓은 거라 다 좋은 영화들이야."

잠깐 망설이던 바우가 물었다.

"그거 있어? 죽은 시인의 사회."

바우가 의견을 내다니 놀랄 일이었다. 미르는 '죽은'도 싫고 '시인'도 싫고 '사회'도 싫었다. 칙칙한 단어로만 합쳐진 〈죽은 시인의 사회〉는 더 싫었다. 게다가 바우가 관심 있어 하는 걸 보니 더더욱 재미없을 것 같았다. 결사반대를 하려는데 재이가 격하게 호응했다.

"너, 기억하는구나!"

바우가 대답 대신 얼굴을 붉혔다. 둘 사이에 뭔가 있어 보였다. 나 모르게 그럴 수는 없지!

"뭐야? 너희들 뭐 있지? 뭔지 말해 봐."

미르의 채근에 재이가 설명했다.

“으응, 이 영화에 〈한여름 밤의 꿈〉으로 연극하는 게 나와. 그 얘기를 전에 바우한테 한 적 있었는데 기억할 줄 몰랐어. 여기 있다.”

재이가 DVD를 찾아 꺼냈다.

“표지도 구리고 재미없을 거 같은데.”

미르 말에 재이가 검지 손가락을 저으며 말했다.

“아니. 엄청 재미있을걸. 남자 기숙 고등학교가 배경이고 훈남 고딩들이 떼로 나와.”

“뭐? 그럼 봐야지. 얼른 틀어 봐!”

DVD 플레이어를 빔 프로젝터에 연결하고 암막 커튼을 치니 극장 분위기가 났다. 미르와 바우는 소파에, 재이는 바닥에 앉아 영화를 보기 시작했다. 별 기대를 하지 않았던 미르는 영화가 시작되자 한순간도 눈을 떼지 못했다. 재이 말처럼 훈남 고딩들 때문이기도 했지만 내용이 재미있고 감동적이었다.

영화 속 배경은 1959년, 영화가 만들어진 때는 1990년, 그걸 보고 있는 건 2020년대다. 공교롭게 각각 30여 년씩 차이가 났다. 따지고 보면 할아버지, 할머니 세대 이야기이고, 미국이 배경인데 낡은 느낌이나 남의 나라 이야기라는 생각이 들지 않았다. 시공간은 달랐지만 학교와 부모가 아이들을 괴롭히는 건 그때나 지금이나 마찬가지였다. 그리고 〈한여름 밤의 꿈〉 공연 장면이 나와 흥미를 더했다.

훈남 중 한 명인 닐이 아빠 반대에도 퍽 역을 맡아 공연을 한 뒤 끝내 자살하는 장면에서 미르는 눈물을 참을 수 없었다. 그때부터 아이들의 우상이었던 키팅 선생님이 닐의 죽음으로 학교에서 잘린 뒤 짐을 챙기러 오자 아이들이 "오, 캡틴! 마이 캡틴!" 하며 책상 위로 올라가 배웅하는 마지막 장면까지 미르는 거의 오열하며 보았다. 재이는 여러 번 봤다면서도 훌쩍거렸다.

영화가 끝나자 재이가 커튼을 걷었다. 아이들은 다시 현실 세계로 돌아왔다.

"감동적이지? 영상도 좋고."

눈자위가 붉은 재이가 말했다.

"대박! '카르페 디엠'이라는 말이 여기서 나온 거구나."

미르는 심한 코감기에 걸린 듯한 목소리로 말했다. 언젠가 SNS 친구의 프로필에서 '카르페 디엠'이란 단어를 보고 인터넷에서 찾아본 적이 있었다. 라틴어로 '지금 살고 있는 이 순간에 충실하'라는 뜻이었다. 영화의 주제이기도 했다.

"키팅 선생님 같은 선생님이 있으면 주말에도 학교 가고 싶겠다. 근데 닐이 너무 불쌍해. 닐네 아빠 너무 못되지 않았냐? 자식 죽은 다음에 울고불고하면 뭐 해! 그리고 닐도 죽을 것까진 없잖아. 집 나가서 자기 하고 싶은 거 하고 살면 되지."

미르는 흥분해서 쉴 새 없이 떠들었다. 재이가 웃으며 물었다.

"그럼 넌 하고 싶은 거 엄마가 반대하면 그렇게 할 거야?"

"그러면 아빠 집에 가지. 아줌마는 나한테 잘 보이려고 막 내 편 들어줄걸."

재이 앞에서 가족 이야기를 할 때면 미르는 의식적으로 더 쿨한 척을 하게 됐다.

"암튼 자기 인생인데 자기 맘대로 못 사는 게 바보지, 뭐."

"맞아. 인간에게는 자기 인생을 스스로 선택할 권리가 있어. 그리고 주어진 삶을 살아 내야 하는 의무도 있고. 그런 의미에서 자살한 닐이 그 권리와 의무를 다하지 못한 게 안타까워."

재이가 맞장구쳤지만 미르 말과는 수준이 달랐다. 책이나 영화를 많이 봐서인지 입만 열면 명대사다. 아니, 집터 덕분인가. 미르는 멀뚱히 앉아 있는 바우를 보았다. 재이가 아깝단 생각이 들었다.

삶의 정수

바우도 영화가 재미있기는 했지만 솔직히 미르의 호들갑만큼 감동적이지는 않았다. 학생들이 〈죽은 시인의 사회〉라는 클럽을 만들어 동굴 속에서 시를 읊는 것도 오글거렸고 키팅 선생님의 교육 방법도 너무 튀어 보였다. 미르는 그런 선생님이 있으면 주말에도 학교에 가고 싶을 거라고 했지만 바우는 그 반대였다. 오히려 부담스러워 다른 학교로 전학 가고 싶을 것 같았다.

아이들을 온통 휘저어 놓고 결국은 잘려서 떠나는 것도 무책임해 보였다. 자살한 닐도 마찬가지다. 남겨질 사람들은 조금도 생각하지 않고 떠나 버리는 게 제 아빠만큼이나 자기중심적이다.

바우는 자살한 닐보다 룸메이트였던 토드에게 더 감정 이입이 되었다. 남겨진 사람들은 그 뒤 어떤 삶을 살아가게 될까. 그 슬픔을 어떤 방식으로 추스르고 치유할까. 키팅 선생님의 가르침대로 남은 아이들은 현재와 자신에게 충실한 삶을 살게 되었을까. 이제 진짜 이야기가 시작되어야 할 곳에서 영화는 끝이 났다. 그렇게 많은 생각을 했으면서도 바우는 소감을 묻는 재이에게 고작 "연극 장면이 생각보다 안 많네."라고 했을 뿐이다.

"야, 너는 이런 명화를 보고 할 말이 겨우 그것밖에 없냐?"

미르가 타박을 주었다.

"어……, 연극에서 퍽이 한 마지막 대사 있잖아. 그게 닐의 작별 인사인 것도 인상적이었어."

솔직히 말하면 바우는 중간중간 나온 야한 장면들이 가장 기억에 남았다. 동굴에서 찰리가 하는 애가 여자 누드 사진이 실린 잡지를 펼쳤을 때 바우는 깜짝 놀랐다. 여자 가슴이 엄청나게 큰 데다 미르가 킥 하고 웃었기 때문이다. 바우는 어둠 속에서도 재이 쪽을 바라보지 못했다. 녹스가 파티에 갔을 때도 마찬가지였다. 스킨십 장면이 나올 때마다 바우는 침 삼키는 소리라도 내게 될까 봐 신경이 쓰였다. 그리고 자꾸 그런 장면에만 관심이 가는 자신이 쓰레기 같았다. 이

번처럼 영화를 보면서 제발 야한 장면이 나오지 않기를 바란 적도 없었다.

"대박, 내가 〈한여름 밤의 꿈〉에 관심을 갖게 된 것도 그거 때문이야. 1학년 때 엄마랑 처음 봤는데 닐의 마지막 대사가 극장에 찾아온 아빠를 보고 즉흥적으로 만들어 낸 건지, 아니면 진짜 원작에 나오는 대사인지 너무 궁금한 거야. 엄마도 궁금하다면서 셰익스피어 책을 사 줬어. 근데 무슨 소린지 잘 모르겠어서 찾아보니까 영화도 있더라. 엄마가 DVD도 사 줬어. 영화를 보고 책을 보니까 조금씩 이해가 되면서 더 재밌어졌어. 아테네 직공들처럼 직접 연극을 해 보면 재밌을 것 같아서 동아리도 만든 거고. 작년에 첫 공연을 〈한여름 밤의 꿈〉으로 하고 싶었는데 도저히 각색을 못 하겠더라. 그래서 그때는 다른 거로 하고 1년 내내 각색한 거야."

메신저로도 했던 이야기지만 직접 자세하게 들으니 재이가 더 대단해 보였다.

"비하인드 스토리 들으니까 더 재밌네. 근데 류재이, 너 진짜 말 잘한다. 학생회장 나가도 될 뻔했어."

미르가 감탄했다. 바우도 자신이 재이를 홀린 듯 바라보고 있음을 깨닫고는 얼른 시선을 돌렸다. 바우는 재이 엄마가 〈죽은 시인의 사회〉나 〈한여름 밤의 꿈〉 같은 영화를 재이와 함께 봤다는 게 놀라웠다. 바우는 상상도 하지 못할 일이다. TV에서 입 맞추는 장면만 나와도 아빠는 공연히 헛기침을 하며 채널을 다른 데로 돌리거나 자리를 떴다. 민망하고 불편하기는 바우도 마찬가지였다.

엄마가 살아 계시다면 어땠을까, 나도 재이처럼 엄마하고 영화를 보았을까. 영화를 보고 나서 대화도 나누었을까. 상상하는 것만으로도 위안받는 느낌이 들었다. 바우는 엄마가, 자신이 잊고 있을 때에도 여전히 지켜보며 어루만져 주고 있음을 깨달았다.

더 논다는 미르를 두고 먼저 나온 바우는 재이네 집 마당을 둘러보았다. 흰 나무 울타리와 어우러진 마당에 잔디가 깔려 있었다. 울타리를 새로 하느라 앞마당 담장 가에 있던 화단은 사라졌지만 내년 봄에 다시 꽃씨를 뿌릴 거라고 했다. 잔디가 자리를 잡으면 훨씬 예쁠 거다. 뒤란은 주방과 통하는 데크 부분만 빼고는 바우가 만든 그대로 두었다. 나중에 바우 솜씨임을 안 재이 엄마는 뒤란이 예뻐서 망설이지 않고 집을 산 거라며 반가워했다. 재이네가 이사 온 덕분에 바우는 그 집을 지나칠 때마다 마음 아프지 않을 수 있었다.

집에 가니 아빠와 재이 아빠가 바둑을 두고 있었다. 혼자 인터넷 바둑을 두는 것보다 훨씬 보기 좋았다.

"그러니까 형님, 나중에 후회하신다니까요. 재이 엄마랑 제가 나서 볼까요?"

현관을 등지고 앉은 재이 아빠가 말했다. 무슨 말인지 짐작이 갔다. 평화롭고 충만한 기분이 일시에 사라진 바우는 현관문을 소리 나게 닫았다. 재이 아빠가 바우를 보곤 당황해하며 어설픈 연기를 했다.

"이, 이런, 한 수 물러 주세요."

바우는 아까 인사했으면서도 재이 아빠에게 또 꾸벅 고개를 숙이곤 자기 방으로 들어갔다.

사람들은 아빠를 결혼시키지 못해 안달이다. 나서 본다고? 얼마 전에도 세아네 할머니가 와서 베트남 며느리 친구를 소개시켜 준다고 했다. 세아 엄마는 이제 겨우 서른 살쯤 되었다.

"우리 세아 어멈 진실된 건 자네도 알지? 친구는 저보다 더 착하고 성실하대. 한 번 결혼에 실패는 했지만 딸린 자식 없고, 고생을 해 봐서 적응 잘할 거야. 한번 만나나 봐."

"아이고, 세아 엄마 괜찮은 건 잘 알지요. 근데 제 나이가 몇인데……."

바우는 딱 잘라 거절하지 않는 아빠가 못마땅했다. 나이만 괜찮으면 국제결혼이라도 하겠다는 건가. 아빠가 외국 사람과 결혼을 하면 바우도 다문화 가정 아이가 된다. 학교에도 한쪽 부모가 외국 사람인 아이들이 있다. 그 아이들은 이곳에서 태어나 줄곧 살았는데도 종종 이방인 취급을 받았다. 선생님들도 다문화 가정 아이들이 특별히 배려해야 할 대상인 것처럼 말하곤 했다. 바우에겐 그 또한 차별 같았다.

국제결혼은 아빠도 내켜 하지 않았다. 하지만 재이 부모라면 아빠가 마음에 들어 할 만한 사람을 소개해 줄지 모른다. 엄마 자리에 다른 사람을 들여놓고 싶지 않았다. 바우는 그날 저녁 설거지를 하고, 아빠 등에 파스도 붙여 주고 안마도 해 주었다.

"일한 날은 나 몰라라 하더니 한 일 없이 논 날 왜 이래."

말은 퉁명스레 하면서도 아빠 입꼬리가 올라갔다.

10월은 행사가 많은 달이다. 중간고사도 있고 시험이 끝난 뒤에는 학교 축제와 청소년 연극제가 연달아 있다. 시에서 열리는 청소년 연극제는 고등학생 부문만 있다가 작년부터 중학생 부문도 신설되었다. 학교에서 했던 공연 자료와 재이의 희곡으로 예선에 통과되어 본선에 나가게 됐다.

아이들은 대회에 나가는 만큼 좀 더 진지하게 연습에 임했고, 교장 선생님이 관심을 가져서인지 고문 선생님도 신경을 썼다. 그런데 무대가 문제였다. 대회 때는 학교에서처럼 진짜 식물로 무대를 꾸미기가 어려웠다.

논의 끝에 철망으로 된 파티션을 몇 개 이어서 놓고 인조식물을 꽂아 숲 분위기를 내기로 했다. 학교에서 지원금이 나왔다. 파티션은 인터넷에서 주문하고 조화와 식물은 시내 매장에 직접 가서 보고 사기로 했다. 교장 선생님이 학교 아저씨와 함께 다녀오라고 했다. 소품 담당인 민지는 표시도 나지 않는 일에 시간 뺏기지 말고 공부나 하라는 엄마 때문에 중간에 빠지게 됐다. 바우도 별로 친하지 않은 민지랑 가느니 아저씨와 둘이 가는 게 나았다.

"혼자 수고해야겠네. 나도 같이 가고 싶은데 정말 아쉽다. 대본을 수정한 바람에 연습 시간이 모자라. 너한테 전적으로 맡길 테니 알아서 사 와."

재이가 말했다. 안경 속 눈망울이 또랑또랑 빛났다. 바우는 흐트러진 머리카락을 매만져 주고 싶은 충동에 그만 얼굴이 빨개졌다. 한동네에 살면서 많이 가까워졌지만 그럴 만큼 스스럼없는 사이는 아니었다.

바우는 학교 트럭을 타고 아저씨와 함께 시내로 갔다. 인조 식물 도매점에 들어선 바우는 눈이 휘둥그레졌다. 생각보다 훨씬 넓은 공간에 자작나무와 느티나무 같은 큰 나무에서부터 관엽 식물, 온갖 꽃과 덩굴 식물들이 가득했다. 식물들은 만져 보지 않으면 모를 만큼 진짜 같았다. 심지어 시든 꽃 조화도 있었다. 진짜보다 더 진짜 같은 가짜 꽃과 나무들 앞에서 바우는 그동안 애지중지하며 식물을 가꾸었던 일이 허탈하기까지 했다. 게다가 여기 있는 것들은 영원히 시들거나 죽지 않는, 이별도 소멸도 없는 존재들이었다.

"이거야 원, 화훼 농가들 다 굶어 죽겠네."

아저씨도 놀랐는지 연신 감탄하다 한마디 했다.

잘 도착했느냐는 재이의 메시지가 아니었으면 바우는 계속 넋을 놓고 있을 뻔했다. 정신을 차린 바우는 재이와 메신저를 하며 덩굴 식물과 꽃을 골랐다. 권한을 위임받았어도 상의해서 정하고 싶었다.

시간이 흐르는 동안 바우는 점점 감흥을 잃어 가기 시작했다. 매장 안의 조화와 식물들은 아무리 만져도 자신만의 촉감이나 향기를 남기지 않았다.

"꽃은 지니까 예쁜 것이고 벌 나비가 날아들어야 진짠 거지, 천년만년 피어 있고 벌 나비도 못 받는 게 암만 예쁘면

뭔 소용이야."

오는 길에 아저씨가 말했다. 바우는 진심으로 공감했다.

"저기가 내가 졸업한 학교야. 지금쯤이면 실습장에 진짜 꽃이 만발했겠다."

시내를 다 빠져나왔을 때쯤 아저씨가 길가에 있는 학교를 가리키며 말했다. 생명과학 고등학교로 이름이 바뀐 지 10년이 넘었지만 여전히 농고로 불리는 곳이었다.

"구경해도 돼요?"

꽃이 만발했을 거라는 말에 바우는 귀가 솔깃했다.

"졸업생이 모교 좀 방문하겠다는데 안 될 게 뭐가 있어. 선생 중에 우리 동기 놈도 있을걸."

아저씨가 차를 홱 잡아 돌렸다. 맞은편에서 오던 차가 빵빵거렸다. 쓰러질 뻔한 바우는 얼른 손잡이를 잡았다. 아저씨는 밖으로 나오니 직장인 학교에서보다 훨씬 과격했다.

아저씨가 학교 주차장에 차를 세웠다. 하교 시간이 지나서인지 학교 안은 한적했다. 교정엔 학교 나이를 말해 주듯 아름드리나무들이 많았다. 바우는 아저씨를 따라 학교 뒤편으로 갔다. 앞에서 볼 때는 일반 학교와 별다른 게 없었는데 뒤로 가자 학교 특성을 알려 주는 유리온실 여러 동과 실습장들이 보였다. 그리고 아저씨 말대로 진짜 장미와 국화와 안개꽃이 구획별로 만발해 있었다. 손질해 주지 않으면 벌레 먹고 시들고, 때가 되면 열매 맺고 그러다 죽는 진짜 꽃들이었다. 그들이 살아 있음을 알리는 향기가 공기에 가득 배어 있었다. 그 뒤로 완만하게 펼쳐진 구릉 아래는 잡풀이 우거진 나대지였다. 외곽이긴 하지만 아파트와 도로에 둘러싸인 도시 학교에 이런 공간이 있다니. 가슴이 뛰었다.

"저 꽃, 학생들이 키우는 거예요?"

"그럼."

"공부 시간에 꽃 키우는 거 배우는 거예요?"

"그렇지. 어디 꽃 키우는 것만 배우나. 나무, 채소, 분재 키우는 거 다 배우지. 조경도 배우고. 옛날엔 온실 뒤쪽으로 수생 식물원도 있었어."

아저씨는 바우가 관심 있어 하자 신이 나 설명했다.

"그럼 방학 때는 어떻게 해요?"

"우리 때는 순번을 정해서 나왔어. 옛날엔 온실에 방도 있었는데 지금은 어떨지 모르겠네. 요새야 농업이 땅바닥에 떨어졌으니까 그렇지 옛날에는 명문이었어. 학교 생긴 지 백 년이 넘었고, 국회의원, 군수, 도지사도 죄다 농고 출신이었다니까. 그전엔 저기, 아파트 들어선 데까지 다 학교 과수원이었어."

아저씨는 파산한 대지주가 예전의 영화를 곱씹는 표정으로 말했다. 잡다한 일을 하는 학교 관리인이었던 아저씨는 밖으로 나오자 추억을 가진 한 인간이 되었다. 바우는 식물들이 뿜어내는 향기를 깊이 들이마셨다. 심호흡을 해도 뛰는 가슴은 가라앉지 않았다. 심장의 고동이 시구를 떠오르게 했다.

나는 의미 있는 삶을 살고 싶어 숲으로 갔다.
저 깊은 곳 삶의 정수를 빨아들이며 살 수 있다면!
삶이 아닌 모든 것들을 지워 버릴 수 있도록
내 삶은 삶이 아니었음을 죽음의 순간에 깨닫지 않도록

'죽은 시인의 사회 클럽' 아이들이 동굴에 모였을 때 닐이 낭송한 시였다. 바우는 나중에 〈죽은 시인의 사회〉를 한 번 더 봤다. 재이랑 미르가 막 좋다고 하니까 다시 보고 싶은 마음이 생겼다. 집에서 혼자 보자 집중이 더 잘 됐고 처음보다 훨씬 재미있었다. 그리고 오글거렸던 동굴 장면에서 나온 시가 뒤늦게 큰 울림을 안겼다.

인터넷을 뒤진 끝에 바우는 영화에 나온 시의 원문과 시를 쓴 헨리 데이비드 소로라는 인물을 알게 되었다. 200여년 전 미국에서 태어난 소로는 28세 되던 해에 월든 호숫가의 숲으로 들어가 2년 2개월을 지냈다. 그는 하버드 대학교를 졸업하고서도 세속적인 명예나 부를 멀리하고 자연과 교감하며 소박하고 단순한 삶을 살았다.

바우는 사전을 검색하고 번역기를 돌려 가며 영문 시를 해석했다. 인터넷이나 영화 자막에도 나와 있었지만 스스로 의미를 찾고 싶었다. 시구 중에서 '삶의 정수'라는 표현이 가장 강렬하게 마음을 사로잡았다. '정수'란 말이 무슨 뜻인지 대강 짐작했지만 더 정확하게 알기 위해 사전을 찾아보았다. '뼛속에 있는 골수, 사물의 중심이 되는 골자 또는 요점'이라고 나와 있었다. 그러니 삶의 정수란 진짜 삶을 뜻하는 거다. 바우는 그 뒤로 종종 그 말을 떠올려 보곤 했다.

집으로 돌아온 뒤에도 바우는 농고의 교정이 잊히지 않았다. 때때로 학교의 실습장이나 온실에 있는 자신을 떠올리곤 했다. 바우에겐 그 학교가 소로의 시 속에 나오는 숲속인 것만 같았다. 또 식물을 가꾸며, 이별과 소멸이 만남과 생성으로 이어지며 순환하는 과정을 온몸으로 느끼는 일이야말로 자신이 꿈꾸는 삶의 정수임을 깨달았다.

바우는 생명과학고에 가기로 결심했다. 그동안은 별 생각

없이 일반계 고등학교에 갈 거라고 생각해 왔다. 뚜렷한 목표가 있어서가 아니라 대다수 아이들이 택하는 길이기 때문이었다. 공부하는 걸 죽기보다 싫어하는 아이들조차 전문계 고등학교엔 가려고 하지 않았다. 정말 원해서 가는 소수의 아이들을 빼곤 전문계 고등학교 진학을 탐탁지 않게 여기는 분위기가 존재했다. 하지만 나는 스스로 선택해서 가려고 하는 거다. 바우는 처음으로 자부심을 가졌다.

고등학교 진학 희망 조사서에 바우는 당당하게 '생명과학 고등학교'라고 적었다. 그러자 담임 선생님이 불러 이유를 물었다.

"성적도 괜찮은데 왜 거기에 가려고 해? 아빠가 그러라고 하셔?"

"아뇨."

"그런데 갑자기 왜? 1학기 때는 아니었잖아. 무슨 문제라도 있어?"

농고에 진학하는 게 문제가 있어서라고 생각하는 선생님에게 반감이 일었다. 키팅 선생님이라면 안 그랬겠지. 아직 다가오지도 않은 미래나 남들 시선 때문에 하고 싶은 걸 포기하는 건 바보짓이라고 했을 거야.

"아뇨."

선생님이 원서를 쓰려면 아빠 허락을 받아 오라고 했다. 어렵지 않은 일이었다. 바우는 아빠를 믿었다. 소희네 마당 가꾸는 건 못마땅해했지만 아들의 마음을 알면 기꺼이 그 선택을 존중하고 지지해 줄 거다.

벼 베기가 한창인 요즘 아빠는 날마다 이슬이 마른 낮부터 한밤중까지 일했다. 달밭마을에 벼 베는 기계인 콤바인을 가진 사람이 아빠밖에 없어서 일이 더 밀렸다. 탈곡한 벼를 트랙터 트레일러에 받아 건조기로 옮기는 일을 해 왔던 세아 아빠가 근처 공장에 취직해 걱정이었는데 재이 아빠가 맡아서 하기 시작했다.

"배운 사람이라 말귀를 척척 알아들어. 몸 쓰는 일도 곧잘 하고."

재이 아빠와 처음 같이 일하고 온 날 아빠가 만족스러운 기색으로 말했다. 겉으로는 아닌 척해도 아빠에겐 학력 콤플렉스가 있었다. 그래서 재이 아빠처럼 유식한 사람이 형님이라고 부르며 따르는 걸 뿌듯해했다. 바우는 아빠가 재이 아빠와 친하게 지내는 건 좋았지만 아저씨가 소개시켜 주는 사람과 결혼할까 봐 걱정스러웠다.

"한집에 살면서 이야기할 시간이 없다는 게 말이 돼? 내일까지 허락 못 받아 오면 내가 직접 아빠한테 전화할 거야."

선생님이 말했다. 말할 시간이 없었다기보다는 분위기가 되지 않았다. 아빠는 일을 마치곤 꼭 술이 거나해져 돌아왔다. 바우는 술에 취해 건성으로 대할 아빠에게 자신의 가슴 뛰는 선택에 관해 말하고 싶지 않았다. 그래도 선생님을 통해 알리기는 더 싫었다.

바우는 아빠가 샤워를 하는 동안 얼음 꿀물을 타 놓았다. 조금이라도 술기운이 가신 상태에서 말하고 싶었다. 하지만 아빠의 술을 깨게 한 건 얼음 꿀물이 아니라 생명과학고에 가겠다는 바우의 말이었다. 아빠는 바우가 간다는 곳이 북극이라도 되는 것처럼 놀라다 못해 황당해했다.

"왜, 시험 망쳤냐?"

아빠는 그 학교를 하위권 성적의 아이들이 어쩔 수 없이 가는 곳이라고 여겼다.

"아뇨."

"근데 왜 거기를 가?"

"원예를 제대로 배우고 싶어서요."

여러 학과 중 바우가 가고 싶은 곳은 생활 원예과였다. 처음엔 조경과도 생각해 봤는데 바우는 식물을 직접 만지고 키우는 게 더 좋았다.

"그걸 배워서 어디다 쓰려고?"

농부인 아빠의 질문에 바우는 잠시 할 말을 찾지 못했다.

"꽃이나 식물 가꾸는 게 좋아요."

"글쎄 그런 거 가꿔서 뭐 하겠다는 거냐고."

"뭐, 정원사를 할 수도 있고……."

바우는 무심코 말한 '정원사'란 직업이 마음에 쏙 들었다. 꽃을 키우고 정원을 만들고 가꾸는 일을 직업으로 삼을 수 있다면 정말 행복할 것 같았다. 아빠가 조금 전의 바우처럼 잠시 할 말을 잃은 듯 침묵했다. 그러다가 끙 하는 신음 소리로 말을 시작했다.

"그럼 대학을 그런 데로 가면 되지. 농고에 갔다간 대학 가기 힘들어."

요즘 들어 부쩍 대학교 이야기를 했던 만큼 이 정도 반응은 이해할 만했다.

"동일계 진학하면 돼요. 진학반 있대요."

바우는 고등학교 이후 계획은 생각해 보지 않았으면서 인터넷에서 알게 된 내용을 말했다.

"진학반에 갈 거 왜 농고엘 가. 그냥 인문계 가면 되지. 그리고 솔직하니 공부 못하는 애들 가는 데가 농고 아니냐? 사람은 노는 물이 얼마나 중요한데 거기 가서 공부가 되겠어? 제대로 된 대학을 가겠냐고."

아빠는 바우가 선택한 길을 불신했다.

"그럼 대학교에 안 가면 되지요, 뭐."

아빠가 자꾸 대학 이야기를 하니까 반항심이 생겼다.

"뭐? 내가 너 고작 고등학교나 졸업시키고 말라고 이 고생 하는 줄 알아?"

아빠가 벌컥 소리를 질렀다. 아빠 역시 본인의 삶을 사는 건데 온전히 자식을 위해 희생하는 것처럼 말한다.

"무조건 안 간다는 건 아니에요. 더 배우고 싶은 게 있으면 그때 갈 거예요."

바우는 못마땅했지만 한 걸음 물러섰다.

"남들은 초등학교서부터 공부한다고 난린데 내일모레 고등학교 갈 놈이 그딴 소리나 하고, 그래 갖고 날라리들 득시글거리는 데 가서 퍽도 공부하겠다."

"아빠도 농사짓는 거 좋댔잖아요."

비웃는 듯한 아빠 말투가 기분 나빴지만 꾹 참고 대꾸했다.

"그래. 나는 달리 배운 게 없으니까 시작한 건데 기왕 하는 거 즐겁고 의미 있게 하자 애쓰는 거지만 너는 달라. 세상이 얼마나 넓고 할 일이 많은데 원예가 뭐야? 젊은 놈이 야

망도 없어?"

그동안 아빠가 초라해 보인 적은 있어도 부끄러운 적은 없었다. 땅과 환경을 지키며 건강한 먹거리를 생산하기 위해 노력하는 아빠가 자랑스럽고 존경스러울 때도 많았다. 그런 아빠 입에서 나온 말은 바우를 실망시키는 것들뿐이었다.

"난 도시 싫어요. 여기서 살 거예요."

바우는 도시에서, 흙이 없는 곳에서 사는 삶은 생각도 해 본 적 없었다.

"그래, 여기서 살아도 좋아. 근데 대학도 가고 유학도 가서 석박사 된 다음 금의환향해서 살란 말이야. 어쩔 수 없이 남아 사는 건 반대야."

아빠는 완강했다.

"어쩔 수 없이가 아니라 내가 원해서 살 거라니까요. 대학이나 유학도 내가 필요할 때 갈 거고요."

유학은 몰라도 유럽의 정원들은 직접 가서 보고 싶었다. 아빠가 주먹으로 식탁을 쿵 하고 내리쳤다.

"이 답답아! 농사처럼 공부도 다 때가 있는 법이야. 제때 사람 손이 안 가면 농사를 망치는 것처럼 공부도 네가 원하는 대로 기다려 주지 않는다고. 나중에 후회하지 말고 아빠 말 들어. 우선은 대학이 제일 중요하니까 딴생각 말고 인문계 고등학교 가서 공부해. 그리고 내일 당장 학원 등록해."

하지만 아빠의 반대는 바우의 결심을 굳히는 응고제 역할을 할 뿐이었다. 반대하면 할수록 더욱 단단해지는.

"뭘 먼저 할지는 내가 결정해요. 내 인생이니까. 인간은 누구나 자기 인생을 선택할 권리와 의무가 있는 거라고요!"

그 말을 하는데 어디서 들어 본 내용 같았다.

"뭐? 내 인생? 그게 너 하나 보고 산 애비한테 할 소리야? 내 말이 그렇게 하찮으면 이 집에서 나가!"

아빠가 꿀물이 담겨 있던 유리컵을 집어던졌다. 박살 난 유리 파편이 사방으로 튀었다.

바우는 자기 방으로 들어가 집이 울릴 만큼 세게 방문을 닫았다. 아들 일인데도 남들과 똑같은 생각과 시선으로만 보려는 아빠는 자식을 자살하게 만든 닐의 아빠와 다를 바 없었다. 자기 뜻대로 결혼하지 않으면 자식을 사형시켜도 된다는 허미아 아빠보다 나을 것도 없었다. 16세기에도 20세기에도 부모들은 사랑한다는 명분으로 자식들을 마음대로 하려 들었다. 그리고 21세기인 지금 아빠도 그랬다. 믿었던 만큼 배신감도 컸다.

침대에 몸을 던지듯 누운 바우는 팔베개를 한 채 천장을 바라보았다. 키팅 선생님은 첫 수업 시간에 아이들을 책상 위로 올라가게 했다. 세상을 다른 시각으로 보는 방법이라고 말했다. 바우는 아빠를 책상 위로 올라서게 하고 싶었다.

또 한 번 집이 울렸다. 아빠가 현관문을 닫고 나가는 소리였다.

인생은 시험의 연속

청소년 연극제에서 오합지졸 팀은 각색상을 받았다. 결과를 놓고 보면 재이 좋은 일만 시킨 셈이었다. 하지만 미르는 더 큰 무대를 경험한 것만으로도 충분히 보상받았다,고 여기려 애썼다. 두 번의 공연을 하는 동안 미르는 연극부 아이들과도 많이 친해졌다. 연극은 배우끼리는 물론 연출부를 비롯한 스텝들과도 이해와 신뢰가 바탕이 돼야 하는 작업임을 배웠다.

미르는 학교에서 했던 첫 공연과 달리 혼자 튀는 것보다 다 같이 잘되길 바라며 연기했다. 개인상을 못 받은 게 아쉽기는 했지만 (그렇다고 받았을 거라는 보장도 없어) 그날의 공연에 만족했다. 또 기쁜 마음으로 재이의 각색상 수상을 축하하고자 노력했다. 예고 입시일이 다가올수록 미르는 실력보다 자꾸만 초월적 힘에 의지하게 되었다. 마음을 착하게 가지면, 욕심을 비우면, 전혀 기대하지 않으면 행운의 신이 손을 내밀어 주지 않을까.

행운의 신만큼 깜짝쇼나 반전을 좋아하는 신도 없는 것 같다. 그 신은 행운을 간절히 원하는 사람보다는 그런 게 세상에 있는지조차 모르는 사람에게 "옜다." 하고 던져 주는 악취미가 있었다. 미르는 주변 사람들에게 마음을 비웠다고 말하는 걸로 입시 결과를 대비했다. 그리고 스스로 파악한 행운 공식에 따라 행동했다. 합격에 대한 기대가 얼마나 없는지 보여 주기 위해 엄마가 휴가 내겠다는 것도 사절한 채 학원 원장님 차를 얻어 타고 실기 시험장에 갔다. 경쟁자들의 뛰어난 실력은 반전이나 깜짝쇼가 벌어지기 위한 필요조건으로 충분했다.

하지만 입시 철이라 행운의 신도 바빴는지 아니면 밀당에서 진 건지 반전 드라마는 없었다. 미르는 합격자 명단에서 자기 이름 대신 아는 이름을 두 개나 찾아내고 쓰린 가슴을 부여잡았다. 그나마 위안이라면 소희가 외고를 포기해 그 합격 소식은 듣지 않아도 됐다. 바우의 생명과학고 합격은 조금도 부럽지 않았다.

기말고사를 끝으로 중학교에서의 시험은 끝이었다. 기말고사 마지막 날 미르는 재이, 바우, 그리고 연극부 아이들과 시내를 쏘다니며 신나게 놀았다. 도시의 화려한 불빛이 맘 놓고 놀라고 부추기는 것 같았다.

막차는 가로등 불빛으로도 몰아내지 못한 어둠 속에 아이들을 내려놓았다. 환했던 시내에 있다 와서 그런지 평소보다 더 캄캄하게 느껴졌다. 미르는 재이, 바우와 헤어져 진료소로 들어갔다. 엄마가 할 이야기가 있으니 씻고 나오라고 했다. 굳은 얼굴이었다. 드디어 올 것이 왔다.

미르는 엄마가 무슨 말을 하려는지 짐작이 갔다. 방학 때까지만 다녀 보라던 엄마는 그 뒤에도 계속 뮤지컬 학원에 보내 줬다. 학교도 떨어졌고 학원비를 내야 하는 날이 다가오고 있으니 결단을 내리려는 모양이다. 애초부터 탐탁지 않아 했던 만큼 더는 봐주지 않겠지. 앞으로 학원 예비 고등반 같은 델 다니면서 고등학교 첫 시험인 반 배치 고사 준비를 하라고 할 거다.

미르도 더는 엄마 의견에 반대할 명분이나 확신이 없었다. 계속 뮤지컬 학원에 다니겠다고 고집하기에는 너무 미래가 불투명했다. 대부분의 아이들처럼 평범한 길을 택하는 게 안전할지 몰랐다. 그럼 어디든 대학은 가겠지. 미르는 달밭마을의 어둠이 더 짙게 느껴졌던 이유를 알 것 같았다. 예비 고등학생이 된 자기 앞에 펼쳐진 일종의 암시. 더할 수 없이 비관적이 된 미르는 느릿느릿 씻은 다음 머리도 한참 동안 말렸다.

엄마는 모과차까지 준비해 놓고 기다리고 있었다. 평소와 달리 격식을 차린 모양새가 할 말의 무게를 가늠하게 했다. 미르는 의자 등받이에 옆구리를 붙인 비스듬한 자세로 앉았다. 아직 마음이 정해지지 않은 상태에서 엄마의 결정을 그대로 받아들이고 싶지 않았다. 엄마는 그런 자세가 못마땅하지만 참는 듯했다.

"그동안은 네가 계속 바빠서 말하지 못했어."

엄마도 쉽게 이야기하는 게 아니구나. 이렇게 갈피를 못 잡을 때는 다른 사람이 강력하게 결정을 내려 주는 것도 나쁘지 않았다. 그래, 엄마 뜻대로 그만두자. 그리고 열심히 공부해서 서울에 있는 대학에 가는 거야. 그게 달밭마을을 가장 멋지게 탈출하는 방법이다. 뮤지컬이 좋다고 해서 반드시 무대에 직접 서야 하는 건 아니다. 관객으로 즐기면 되지. 잠시 입시 준비를 했던 경험은 좋은 추억으로 삼자. 마음을 달래는 동안 무대 위에서 느꼈던 전율과 희열이 슬그머니다가와 실제보다 몇십 배는 강력해져 온몸을 휘감았다. 그 느낌을 이젠 맛보지 못할 거라고 생각하자 그동안 경험했던 모든 슬픔과 아픔이 합쳐진 듯한 감정이 고통으로 변해 가슴에 사무쳤다.

연인과 노래를 모두 잃게 됐을 때 라이샌더의 심정이 이랬을 거다. 하지만 무대에서는 그런 감정을 표현하지 못했다. 사랑도 꿈도 다 쟁취하는 결말을 알고 있었기 때문이다. 그래서는 안 됐던 거다. 그때의 라이샌더는 아직 미래를 알지 못하기에 혼란스러우면서도 절박한 심정으로 연기했어야 했다. 그래야 라이샌더에게 허미아와 음악이 어떤 존재인지 더 잘 나타났을 테고 그래야만 그다음에 부르는 〈꿈이 이루어지는 순간〉에도 멋이나 기교보다 진심이 담겼을 거다. 다시 하면 그렇게 할 수 있을 것 같다.

깨달음은 왜 항상 실수를 한 뒤에야 오는 걸까. 혹시 중3인데 공부 대신 뮤지컬 배우가 되겠다고 설레발친 것도 나중에 뼈아프게 후회하면 어쩌지. 갑자기 두려워졌다. 실수를 줄이기 위해선 더 오래 산 어른들의 지혜를 빌리는 게 맞을지 모른다. 미르는 비장한 심정으로 엄마 말을 기다렸다. 그런데 엄마는 계속 뜸을 들였다.

"아, 진짜. 뭔데? 뭐든지 받아들일 테니까 빨리 말해!"

인내심이 바닥난 미르가 채근했다. 엄마가 입을 떼려다 침을 한 번 삼켰다. 힘들어하면 할수록 엄마가 말할 내용에 신뢰가 갔다. 미르가 먼저, 학원을 그만두겠다고 말할 뻔한 순간 엄마가 입을 열었다.

"엄마, 결혼하려고."

미르는 해독 불가인 외계어를 들은 느낌이었다. 아니, 아예 우주 밖으로 내동댕이쳐진 것 같았다. 엄마는 미르가 제정신으로 돌아오길 가만히 기다렸다.

"누구랑?"

한참 뒤에야 미르가 겨우 물었다.

"회장님."

"회장님?"

순간 미르 머릿속에 소희의 방과 집이 떠올랐다. 소희 아빠 같은 새아빠라면 얼마든지 성을 바꾸겠다고 했던 것도 생각났다. 소희 아빠는 사장님인데 엄마 재혼 상대는 무려 회장님이란다. 가슴이 벌렁거리다가 아빠 얼굴이 떠올라 미안해졌다.

"응, 바우 아빠."

미르 입이 딱 벌어진 채 정지된 화면처럼 움직이지 않았다. 기업 회장님이 아니라 영농 회장님. 완전한 어둠이 미르를 에워쌌다.

"놀랐지. 갑작스레 말해서 미안해. 그동안 고민 많이 하고 내린 결정이니까 축복해 줘."

엄마는 미르의 의견을 묻는 게 아니었다. 엄마도, 아빠도 똑같다. 이혼에서 재혼까지 미르에게도 중요한 일들인데 그저 통고하고 따르기를 강요할 뿐이다. 주위가 환해졌다. 미르 눈에서 튄 번갯불 때문이었다.

"싫어! 하지 마!"

자기 방으로 뛰어들어 메치듯 문을 닫은 미르는 침대 위로 몸을 던졌다. 침대는 풍랑이 이는 바다 위에 떠 있는 한 척의 배처럼 위태롭게 흔들렸다. 미르가 몸을 뒤집자 폭풍우 치는 하늘 대신 낯익은 천장이 보였다. 미르 눈가로 눈물이 흘렀다.

소희와 다시 만나면서부터 미르는 엄마의 재혼을 가끔씩 상상해 보곤 했다. 그 상상 속 주인공은 미르였다. 소희 아빠보다 더 부자고 멋진 새아빠는 요술봉을 가진 것처럼 미르가 원하는 일은 무엇이든 이루게 해 주었다. 그렇다고 미르가 언제나 어린아이 같은 공상만 했던 건 아니다. 기본적으로는 엄마가 결혼하는 게 싫었지만 만일 하게 된다면 자신의 삶을 업그레이드시켜 줄 새아빠라야 한다. 달밭마을로부터의 탈출은 필수다. 그런데 마음 좋은 것 빼곤 별 볼 일 없는 농사꾼 아저씨라니.

이 모든 건 엄마가 달밭마을로 와서 생긴 문제다. 주변에 농부밖에 없으니 바우 아빠 같은 사람이 멋있어 보이는 거다. 서울 병원에 근무했으면 의사나 교수를 만났을 수도 있다. 어쩌면 특실에 입원한 진짜 회장님이랑……. 아니, 누구랑 해도 바우 아빠보다는 낫다. 백번 양보해서 엄마의 선택을 존중한다고 해도 바우와 남매라니! 이런 날벼락이 없다. 그러고 보니, 한동안 바우네 아빠의 진료소 출입이 잦았다. 엄마는 미르가 묻지도 않았는데 "회장님이 요새 바우 때문에 속상하셔서 위염이 다 생겼네."라고 했다. 바우가 생과고 원서를 쓸 때쯤이었다.

"걔는 왜 그렇게 엉뚱한지 몰라. 아저씨가 허락해 준대?"

생과고 진학은 원래도 이상한 바우가 한 일 중 가장 이해되지 않는 거였다.

"허락 안 하면 어쩌겠어. 세상 사람 다 이겨도 자식은 못 이기는 게 부모 숙명인데."

엄마가 미르 들으라는 듯 말했다.

"거기 나와서 어쩌겠다고. 엄마는 바우가 생과고 가는 거 어떻게 생각해?"

바우보다 예고에 간다고 하는 자신이 낫다는 걸 엄마가 알기 바라며 물었다.

"글쎄, 바우 경우는 좀 다른 것 같아. 바우는 정말 식물을 키우는 게 좋은가 봐. 소희네 집에 정원 만들어 놓은 거 보고 깜짝 놀랐어. 재이네 이사 오기 전에는 날마다 그 집에 가서 살다시피 했다더라. 그만큼 그 일을 좋아해서 뒤로 미루고 싶지 않은 거잖아. 그럴 정도면 나중에 어찌 됐든 해야지, 뭐."

"엄마, 생명과학고라니까 과학곤 줄 아는 거야? 이름이 바뀐 거지 농고를 말하는 거야."

"엄마도 알아. 중요한 건 자기 자신이잖아. 어떤 사람들 눈엔 엄마가 여기에서 썩고 있는 걸로 보일지 몰라도 엄마는 서울 병원에 근무할 때보다 훨씬 더 행복하고 보람 있어. 그런 것처럼 사람은 어디에 있는지보다 무엇을 하고 어디로 나아가고 있는지가 더 중요하다고 생각해. 엄만 바우가 어디에 있든 행복해하면서 자기 몫을 잘 해낼 거라고 믿어."

그때 미르는 엄마가 남의 아이 일이니까 여유 있게 말하는 거라고 생각했다. 그런데 바우네 아빠랑 결혼한다고 하면 이야기가 달라진다. 그때부터 둘은 부부처럼 바우 장래에 대한 고민을 나눴던 거다. 딸의 꿈은 우습게 여기면서 바우 꿈은 그렇게 이해하고 신뢰하다니. 이제 아들이다 그 말인가. 온갖 배신감이 휘몰아쳤다.

미르는 벌떡 일어나 거실로 뛰쳐나갔다. 여전히 그 자리에 앉아 있던 엄마가 미르를 바라보았다. 기대와 걱정이 뒤섞인 눈빛이었다.

"언제부터야? 언제부터 나 몰래 사귀고 결혼까지 약속했던 거야?"

미르는 허리춤에 손을 얹은 채 엄마 앞에 버티고 서서 씩씩거렸다. 얼핏 라이샌더와의 사랑을 반대하는 허미아 아빠 모습이 떠올라 미르는 고개를 저었다.

"결혼을 결심한 건 얼마 안 됐어."

"그냥 친구 사이라며. 근데 왜 마음이 변한 거야? 재이네 엄마 아빠 보니까 부러워졌어? 아니면 외로워서 그래? 나로는 부족해?"

미르가 질문을 퍼부어 댔다. 엄마가 미르를 바라보다 입을 열었다.

"그것도 아니야. 재이 엄마 아빠 사는 모습이 부럽기도 하고, 외로울 때가 있는 것도 사실이지만 그래서는 아니야. 엄만 이제 혼자서도 잘 살 자신이 있어. 그래서 결혼을 결심할 수 있었어."

엄마 목소리는 차분하고 단단했다.

"아빠랑 결혼했을 때는 혼자 살 자신이 없어서 했단 거네. 그런데도 실패했으면서 혼자 살 자신이 있는데 왜 또 결혼하겠다는 건데?"

미르는 엄마 결심에 아무런 균열도 낼 수 없음을 느꼈지만 호락호락 넘어가 주고 싶지 않았다.

"그땐 내 반쪽을 찾아 하나를 이루는 게 결혼이라고 생각했어. 네 아빠를 내 반쪽이라고 생각했고. 완전해지기 위해선 다른 반쪽이 내가 원하는 걸 해 줘야 한다고 여겼어. 그래서 네 아빠에게 너무 많은 걸 바라고, 기대고, 실망하고 상처 입었던 거야. 좀 더 서로를 인정하고 존중했더라면 좋았을 텐데."

아빠도 엄마하고 살 때보다 아줌마랑 훨씬 더 행복하게 사는 것 같았다. 환영하고 싶은 마음은 좁쌀만큼도 없지만 언젠가 자신이 떠난다고 생각하면 엄마가 혼자인 것보다 누군가와 함께 있는 게 더 마음은 놓인다. 그래도 바우 아빠는 아니었다. 아빠는 엄마보다 어리고 예쁜 여자랑 결혼했는데 자존심도 없나. 나중에 후회할 게 뻔하다.

"그래. 결혼하는 거 안 말려. 근데 왜 하필 바우 아빠야? 가난한 농부가 뭐 볼 게 있다고."

지금 기분으로는 바우 아빠만 아니면 누구라도 괜찮을 것 같았다.

"성격 좋지, 성실하지, 요리 솜씨 좋지, 볼 게 왜 없어? 그리고 하나도 안 가난해. 집도 있고 차도 있고 땅도 있고 정년 걱정 없는 만년 직업도 있는데 뭐가 가난해. 뒷산도 바우네 거야. 그래서 내가 먼저 고백했어. 엄마도 돈 좀 밝히는 여자거든."

묻기를 기다렸다는 듯 엄마가 웃으며 줄줄 읊었다. 사람이 연애를 하더니 뻔뻔해졌다.

"그 집 지은 지 10년 넘었대. 차는 새로 샀으니 그렇다고 쳐. 땅이랑 뒷산 있으면 뭐 해? 여긴 땅값이 똥값이라는데. 그리고 만년 직업 좋아하네. 농사꾼을 누가 인정해 준다고."

미르도 지지 않고 맞받아쳤다. 미르가 말하는 동안 엄마 얼굴에서 웃음기가 걷히며 진지한 표정이 됐다.

"엄만 무엇보다 부부 사이에 존중과 신뢰가 중요하다고 생각하는데 바우 아빠와는 그게 가능할 것 같아. 이 나이에 애들처럼 눈에 콩깍지 씐 것도 아니고 오랫동안 지켜보면서 자연스레 갖게 된 마음이야. 회장님은 처음 본 모습 그대로 한결같아. 그런 사람 흔치 않거든. 이래 봬도 엄마, 남자 보는 눈 높으니까 걱정 마."

"남자 보는 눈이 높다고? 와, 진짜 어이없다. 말이 좋아 한

결같은 거지 그만큼 지루하다는 거잖아. 그리고 한결같으면 아직도 바우 엄마 못 잊었을지도 모르고. 그래도 좋아?"

미르는 반대할 만한 꼬투리를 찾기 위해 머릿속을 바쁘게 가동시켰다. 그런데 칭찬거리도 없었지만 딱히 단점도 생각나지 않았다. 하지만 그동안 관심을 안 가져서 그렇지 찾자고 들면 엄청나게 많을 거다.

"못 잊는 게 당연한 거지. 나도 너희 아빠 완전히 잊지 않았어. 좋든 나쁘든 추억이 없으면 그게 더 이상한 거지. 그리고 너도 생판 모르는 사람보다 바우네하고 가족이 되는 게 나을 수도 있어."

"큰 인심 쓰셨네. 친구라 갑자기 생깔 수도 없고, 낫긴 뭐가 나아? 더 싫어. 엄마 결혼하면 나, 나가서 자취할 거야."

미르는 엄마가 무시할 수 없는 협박이 생각난 게 만족스러웠다.

"결혼해도 살림은 너희들 대학 가고 나면 합칠 거니까 걱정 마. 니들까지 가족 되는 건 천천히 기다리기로 했어."

그건 마음에 들었다. 저녁마다 헤어지는 게 싫어서 결혼하는 거라는데 (바우야 어찌 됐든) 자기를 위해 대학 갈 때까지 기다려 주겠다니 더 반대할 명분도 없었다.

"결혼은 언제 할 건데?"

미르가 한풀 꺾인 목소리로 물었다.

"웨딩드레스 입고 떠들썩하게 하는 결혼식은 한 번 해 봤으니까 됐고, 설 전에 식당에서 양쪽 집 식구들하고 동네 어른들 모셔 놓고 밥 먹는 걸로 대신하려고."

미르는 휴대폰으로 내년 설을 검색해 보았다.

"뭐! 세 달도 안 남았잖아! 금방 같이 살 거 아니라면서 결혼도 그때 가서 하면 되잖아."

"그럼 계속 남 눈 피하면서 만나야 하잖아. 그러다 괜히 이상한 소문이나 나고. 이미지 나빠져서 안 돼."

"헐, 자기네가 무슨 연예인이라도 되는 줄 아나 봐."

"이래 봬도 면에서는 엄마나 아저씨나 톱스타 부럽지 않은 유명인이야, 왜 그래."

엄마의 여유 있는 응수에 미르의 반대는 공기 빠진 풍선처럼 힘을 잃었다. 시무룩해진 미르에게 엄마가 달래는 어투로 말했다.

"기다렸다 그때 할까도 생각했는데 미루다 결혼 못 하게 될까 봐 결정한 거야."

"왜? 아저씨 맘이 바뀔까 봐? 한결같은 사람이라며."

미르가 꼬투리를 잡은 심정으로 대꾸했다.

"그게 아니라 점점 뭔가 새로 시작할 용기가 없어지니까.

3년 뒤엔 서로 마음이 변해서가 아니라 귀찮아서 못 할지도 몰라. 너희들한텐 3년이 별 게 아닐지 몰라도 엄마 나이엔 아니거든. 아직 용기 낼 수 있을 때 하고 싶은 거야."

미르 눈에 염색할 때를 넘긴 엄마의 정수리가 보였다. 흰머리가 반도 넘었다.

"맘대로 해. 언제는 엄마가 내 말 들었어. 나중에 후회해도 더 안 말렸다고 내 원망이나 하지 마."

미르는 평소에 엄마가 하던 말을 그대로 되돌려 주었다. 방으로 들어가던 미르는 뒤를 돌아보며 덧붙였다.

"내 축하 같은 건 바라지도 마."

하지만 미르는 문을 닫기도 전에 후회했다. 굳이 그 말까지 할 필요는 없었는데. 자다가 뒤통수 맞은 것처럼 당했던 엄마 아빠의 이혼과 아빠의 재혼보다는 말씨름이라도 하는 엄마의 결혼에서 그나마 존재를 인정받는 것 같았다.

미르는 책상 앞에 앉았다. SNS에서는 아이들이 시험이 끝났다고 환호성을 지르고 있었다. 하지만 미르는 다시 더 어려운 시험지가 앞에 놓인 심정이었다. 위대한 사람들이 저마다 인생에 대한 정의를 내렸지만 이 순간만큼은 '인생은 시험의 연속'이라는 말이 가장 맞는 것 같았다. 정답이 있고 바로 채점이 가능한 학교 시험은 그래도 괜찮았다. 해답지가 없는 삶의 시험은 답답하기 짝이 없었다. 미르는 엄마의 결혼이 주는 숙제를 어떻게 풀어야 할지 막막했다.

소희가 생각났다. 그 애만큼 엄마와 바우 아빠가 결혼한다는 이야기를 편하게 할 수 있고 온전하게 이해해 줄 수 있는 친구는 없었다. 미르는 메시지 대신 전화를 걸었다. 감정들은 메시지로 옮겨지는 순간 갖은 축약어와 이모티콘으로 가벼워지고 얕아졌다. 지금은 진정한 소통과 위로가 필요했다. 미르는 소희에게 엄마의 결혼 소식을 알렸다.

"대박! 잘됐다! 두 분 잘 어울려. 6학년 때 바우네 아저씨가 꽃바구니 선물한 것 때문에 두 분 사귀는 줄 알았었잖아. 니들은 그때 힘들어했지만 나는 잘됐으면 좋겠다고 생각했었거든. 바람이 현실이 됐네!"

소희 목소리에서 진심으로 기뻐하는 게 느껴졌다.

"근데 소희야, 난 바우네 아빠 싫어. 우리 엄마 남자 보는 눈이 그렇게 낮은 줄 몰랐어. 실망이야."

"니가 몰라서 그래. 아저씨 엄청 착하고 성실한 분이야. 우리 할머니도 진국이라고 늘 칭찬했었어. 그리고 어차피 인간은 자기 부모를 선택할 수 없게 돼 있으니까 운명이다, 하고 받아들여. 무엇보다 아저씨, 소장님한테 잘해 주실 거야. 그게 제일 중요한 거잖아."

소희가 말했지만 미르는 아무리 해도 바우 아빠가 좋아질 것 같지 않았다.

"몰라. 짜증 나. 너희 아빠처럼 멋있고 완벽한 사람이면 단박에 오케이 할 텐데."

잠시 침묵이 흘렀다. 미르는 전화가 끊긴 줄 알고 "여보세요?" 했다.

"세상에 완벽한 사람이 어디 있어. 우리 새아빠도 그렇게 좋은 남편만은 아니었어."

다시 들려온 소희 목소리는 가라앉아 있었다.

"그게 무슨 소리야?"

소희가 털어놓은 이야기에 미르는 깜짝 놀랐다. 소희네 집에서 본 멋있고 세련되고 부드럽고 친절했던 중년 신사가 부인에게 폭력적인 행동을 하다니.

"너, 내가 새아빠한테 하는 거 보고 놀랍다고 했지? 실은 아빠하고 진짜 부녀처럼 허물없는 사이가 되려고 더 그러는 것도 있어. 새아빠라고 생각하면 할 말도 잘 못하고 조심하게 되잖아. 아빠하고 친딸처럼 편해져서 엄마를 지켜 주고 싶거든. 바우네 아저씨는 분명히 좋은 남편이 되실 거야."

쉽지 않았을 소희의 토로에 미르는 미안하게도 위안을 받았다. 대부분의 사람들은 남의 불행을 위로하며 자기 행복을 확인한다. 미르는 누군가를 진정으로 위로하려면 먼저 자신의 상처를 드러내야 함을 깨달았다. 그건 그거고 미르는 소희에게 좀 더 투정을 부리고 싶었다.

"그래도 짜증 나. 바우네 아빠가 도시로 이사 갈 일은 없을 테니까 엄마도 평생 여기 산다는 거잖아. 그럼 내 집도 평생 여기고."

"대신 너희 아빠 서울에 사시잖아. 기분 따라 가고 싶은 데로 가면 되겠네. 어쨌든 나는 좋다. 바우랑 니가 없는 달밭 마을은 생각하기 싫거든. 나중에 할머니랑 아빠 산소에 갔을 때 바우 아빠랑 소장님이 한집에서 맞아 주실 거 생각하면 벌써부터 푸근해지는 것 같아."

뭐야. 소희도 지금 내 불행에서 행복을 찾고 있는 거잖아. 하지만 소희가 말한 '푸근함'이란 단어가 미르 마음에도 미약하게나마 같은 감정을 전달해 주었다.

"근데 너 이제 바우랑 남매 되는 거네. 내가 엄마 만난 것도 그렇지만 너희도 무슨 드라마 같다."

소희가 지금까지의 진지했던 분위기를 바꾸어 크크, 하고 웃었다.

"그게 젤 짜증 나. 쪽팔리게 갑자기 남매가 뭐야. 이럴 줄 알았으면 바우가 내 스타일 아니더라도 그냥 콱 연애할걸.

그럼 우리 엄마랑 바우 아빠 결혼 못 할 거 아니야."

"아이고 웃겨. 아주 막장 드라마를 써요."

미르는 소희와 함께 키득거리며 웃었다.

소희와의 통화로 한결 마음 정리가 된 미르는 엄마 결혼 소식을 아빠에게도 알려야 하는지 고민됐다.

학원 특강이 끝나고 내려오던 날, 아빠는 시간을 내 미르를 터미널까지 태워다 주었다. 아줌마나 유니가 같이 간다고 할까 봐 걱정이었는데 다행히 아빠와 단둘이었다.

"바빠서 같이 놀아 주지도 못하고 미안해."

아빠가 운전을 하며 말했다.

"됐네요. 내가 애긴가 뭐, 놀아 주게."

골난 기색으로 말했지만 아줌마의 이야기 덕분에 미르 마음속에 있던 서운함이 조금은 가신 상태였다.

"하긴 우리 큰딸은 이제 놀아 주는 것보다 뒷바라지가 필요한 나이지. 네 엄마랑 살 때 철없어서 가장 노릇도 제대로 못 했다. 아빠 이제부턴 열심히 돈 벌어서 우리 딸 대학 학비도 내주고 어학연수도 보내 줄 거야."

아빠가 다짐하듯 말했다.

"유니는 안 가르쳐?"

"유니도 가르쳐야지. 유니 대학 갈 때면 예순 살이 넘는데 그 생각 하면 정신이 번쩍 든다."

미르는 운전하는 아빠를 바라보았다. 머리카락이 희끗희끗하고 눈가에 주름도 있었다. 아줌마에게 맞추느라 젊게 입은 옷차림이 어쩐지 안쓰러웠다.

"쨈통이야. 엄마랑 그냥 살았으면 팔자가 폈을 텐데."

미르는 부러 퉁명스레 말했다.

"정신은 계속 못 차렸겠지. 네 엄마한테는 미안한 게 정말 많아."

"아줌마도 남자 보는 눈은 없어. 나이 많은 아저씨가 뭐가 좋다고."

미르 말에 아빠가 너털웃음을 웃었다.

"웃지 마, 바보 같아."

미르는 아빠에게 말하지 않기로 했다. 결혼한 다음에 알려서 충격 먹게 만들어야지. 아빠에 대한 나름의 복수였다.

미르는 잠자리에 들기 전 이번 시험의 답을 썼다. 엄마의 결혼을 쿨하게 받아들이는 콘셉트로 가는 거다. 정답인지 아닌지는 모르겠지만 답을 쓰고 나니 후련해졌다.

고백

아빠와 미르 엄마의 결혼 소식은 바우에게도 충격이었다. 하지만 외국 사람이나 낯선 사람보다는 진료소장님이 새엄마가 되는 게 훨씬 나았다. 그 생각을 하자 빠르게 충격에서 벗어날 수 있었다. 바우는 아빠의 결혼이 미르와 가족이 된다는 것만 빼고는 나쁘지 않았다. 게다가 미르와 바우가 고등학교를 졸업할 때까지 지금처럼 따로 산다니 한시름 놓였다. 미르와 한집에서 화장실을 같이 쓰고 함께 밥 먹는 장면은 생각만 해도 도망가고 싶을 만큼 불편했다.

"아빠 인생인데 마음대로 해요."

바우의 반응에 아빠가 살피듯 보았다.

"그게 다야? 우리가 언제부터 그렇게 네 인생, 내 인생 가르며 살았다고. 뭔가 서운하다."

아빠가 말했다.

"어쩌라고요."

바우가 어이없어했다.

"그러게. 내가 배부른 투정하고 있네. 아들, 고맙다!"

"뭘요. 아빠도 생과고 가는 거 허락해 줬잖아요."

아빠는 바우가 진학반에 들어 대학에 가는 걸 전제로 허락했다. 바우 또한 죽어도 대학에 안 가겠다는 생각은 아니어서 아빠의 전제 조건을 받아들였다.

"농사꾼 입장에서 볼 때는 농업이 사양 산업이고 원예라는 것도 크게는 농업 안에 있는 거라 장래가 여전히 걱정은 돼. 하지만 네가 그렇게 좋아하는 일이라니 한번 해 봐. 널 믿어 보마."

바우는 서로에게 상처를 내는 싸움이 길어지지 않게 해준 아빠가 고마웠다. 그리고 자신도 아빠의 결정을 존중해 주고 싶었다.

"미르도 놀랐을 텐데 네가 앞으로 신경 써서 더 잘해 줘."

아빠 말이 아니더라도 바우는 당장 내일부터 미르를 대할 일이 걱정이었다. 새쭉한 미르 표정이 벌써부터 보이는 듯했다. 미르가 그러면 바우는 잘못한 것도 없이 눈치를 보게 됐다. 더 잘해 준다고 고마워할 애도 아니다. 오히려 그런다고 짜증을 낼지 몰랐다. 바우는 당분간 미르를 피해 다녀야겠다고 생각했다.

하지만 다음 날 바우는 시동 켜진 차를 그대로 지나치지 못했다. 재이네가 이사 오면서 아빠와 재이 아빠가 일주일씩 번갈아 가며 미르와 재이, 재윤 그리고 바우를 학교까지 태워다 주었다. 첫차는 이미 떠났고 자전거를 타기에는 너무 추웠다.

바우는 아빠 옆자리에 올라탔다. 아들에게 결혼을 인정받고 홀가분해져서인지, 아니면 사랑을 해서인지 아빠 얼굴은 활짝 피어 있었다. 아빠가 갑자기 차를 바꾼 이유를 이제 알았다. 바우네는 트럭과 낡은 승용차를 갖고 있었는데 승용차를 얼마 전 SUV로 바꿨다. 소장님하고 데이트하려고 바꾼 거면서 아빠는 "네가 창피하다며……." 하고 바우 핑계를 댔다. 그 생각을 하자 슬며시 웃음이 나왔다.

재이네 집 앞에서 재이와 재윤을 태웠다. 바우는 재윤의 인사에 대꾸하며 재이를 슬쩍 훔쳐보았다. 재이가 아빠의 결혼을 어떻게 생각할지 신경 쓰였다. 재이네 가족을 보면 이상적인 가정의 표본을 보는 것 같았다. 부모는 서로 사랑하며 존중하고 아이들과도 친구처럼 지냈다. 그런 재이 눈에 한부모 가정인 나나 미르네는 어떻게 보일까. 아이들끼리 친구인데 부모가 결혼하는 게 우스워 보이지는 않을까.

바우가 생각하는 사이 차는 나뭇잎이 거의 다 떨어진 느티나무 아래에 섰다. 재이 자매는 나무를 볼 때마다 지치지도 않고 처음 보는 것처럼 감탄했다. 그리고 작은 변화에도 큰 관심을 보였다. 지금도 가지에 건 밧줄이 원래 세 개였네, 네 개였네 하며 실랑이를 벌였다. 평소엔 어른스러운 재이가 겨우 아홉 살짜리 동생과 말씨름하는 게 재미있어, 바우는 미르가 늦는데도 궁금하지 않았다.

10분은 기다리게 한 끝에 미르가 진료소에서 나왔다. 아빠 차를 안 탄다고 소장님하고 싸우는 모습이 연상됐다. 곧 미르를 볼 생각에 긴장하고 있는데 아빠가 갑자기 허둥지둥 내리더니 차 앞을 돌아 미르에게 문을 열어 주었다. 잘 보이려고 아부하는 티가 너무 팍팍 났다. 미르는 인사도 없이 차에 올라탔다. 앞으로 할 행동이 눈에 보이는 듯했다. 바우는 미르의 마음을 최대한 이해하려고 했으나 기분이 좋지는 않았다.

그런데 차가 출발하자 미르가 뒤에서 어깨를 툭 치며, "송바우, 너 이제부터 나한테 누나라고 불러라." 했다. 바우는 깜짝 놀라 돌아다보았다. 비꼬는 건 줄 알았는데 미르는 웃고 있었다. 비웃음은 분명히 아니었다. 그것도 놀라운 일이라 바우는 아무런 대응도 하지 못하고 다시 앞을 봤다. 고개를 돌리다 본 아빠는 벌게진 얼굴로 벙실거렸다.

"갑자기 무슨 소리야?"

재이가 물었다.

"소식 못 들었어? 우리 엄마랑 바우네 아저씨랑 결혼할 거래."

미르가 마치 남 이야기하는 것처럼 가벼운 목소리로 말했다. 차 안에 잠깐 침묵이 흘렀다.

"대박! 완전 대박! 아저씨, 축하드려요!"

재이가 침묵을 깨며 큰소리로 외쳤다. 아빠가 대답 대신 짧게 경적을 울렸다. 빽, 하는 소리가 경망스러웠다.

"그럼 미르 언니네 아줌마 웨딩드레스 입어?"

재윤까지 거들었지만 정작 미르나 바우, 아빠는 입을 다물었다. 세 사람의 얼굴에 어색한 표정이 가득했다.

바우는 고작 두 달 먼저 태어난 미르가 누나라고 주장하는 게 우스웠다. 처음 봤을 때부터 미르가 자기보다 어른스럽다고 느낀 적은 한 번도 없었다. 제멋대로 감정을 발산하는 게 오히려 동생 같았다. 그 덕분에 그 애의 변덕이나 짜증을 봐줄 수 있었다. 바우는 이제부턴 진짜 동생이라고 생각하고 봐주자고 결심했다.

그런데 미르가 누나 노릇을 본격적으로 하겠다고 나섰다. 점심시간에 급식소로 가다 마주친 미르가 바우를 보곤 실실 웃으며 다가오더니 말했다.

"송바우, 너 재이 좋아하지? 내가 니 누나 된 기념으로 다리 놔줄 테니 기다려."

"하, 하지 마."

바우는 당황해서 주위를 두리번거렸다. 그동안 현규와 미르는 재이가 바우를 좋아한다고 말해 왔다. 그런데 "너 재이 좋아하지?"라는 미르의 말을 듣는 순간 뭔가에 덮여 있던 감정이 드러났다. 미르 말이 맞았다. 바우는 재이를 좋아했다. 언제부터였는지는 알 수 없었다. 재이가 수돗가에서 물을 뿌렸을 때, 온실로 찾아왔을 때, 연극 연습하는 동안, 체육 대회 때 같은 편이 돼 줄다리기를 했을 때, 수학여행 가서 우연히 계속 옆자리에 앉게 되었을 때, 아니면 처음 전학 오던 날…….

자기감정을 알고 인정하게 되자 바우는 조급해졌다. 그 마음을 남을 통해 알리고 싶지 않았다. 바우는 미르에게 직접 말할 테니까 재이에게 비밀로 해 달라고 당부했다. 미르는 시누이 운운하며 장난은 쳤지만 둘이 만날 자리를 만들어 주겠다고 했다.

종업식 날이기도 한 크리스마스이브로 디데이를 정했다. 이제 졸업식 전후로 며칠만 더 가면 중학교는 끝이다. 엄마가 돌아가신 뒤 집 밖과 사람들이 두렵고 싫었던 바우로서는 또 하나의 관문을 무사히 마친 것에 감회가 남달랐다. 그렇게 의미 있는 날, 재이에게 마음을 밝히고 싶었다.

"종업식 날 뭐 할 거냐? 우리 집 비는데 크리스마스이브를 게임과 함께 보내지 않을래?"

현규가 물었다.

"안 돼. 일이 있어."

"무슨 일?"

현규가 궁금해했지만 바우는 말할 수가 없었다. 졸업도 얼마 안 남은 마당에 소문의 주인공이 되긴 싫었다. 그런데 미르한테 메시지가 왔다.

– 이브 날, 현규도 델꼬 와

현규와 넷이 놀다 자연스레 재이와 둘만 있는 자리를 만들어 주겠다고 했다. 바우는 미르에게 진심으로 고마움을 표하곤 현규에게 같이 놀러 가자고 했다.

"너, 그날 일 있다는 게 그거였어? 둘 다 내 스탈은 아니지만 이브 날, 여자애들하고 노는 건 좋다."

현규의 얼굴이 활짝 피었다.

드디어 종업식 날이 되었다. 현규는 아침에 등교할 때부터 싱글벙글이었다. 종업식, 그것도 중3 마지막 날이 신나지 않을 아이는 없어 보였다. 교실에서 웃지 못하는 아이는 바우뿐이었다. 재이와 같은 반인 게 이렇게 불편한 적도 없었다.

미르가 따로 가서 시내에서 만나자고 했다. 현규와 함께 시내에 도착하니 약속 시간까지 30분 정도가 남아 있었다. 바우가 서점에 들른다고 하자 현규는 툴툴거리면서 따라왔다. 바우는 며칠 동안 고심해서 고른 책을 샀다. 재이가 좋아한다는 작가의 신작이었다. 화제 삼을 때 대꾸 정도는 할 수 있도록 작가에 관한 공부도 해 두었다. 책과 함께 미리 준비한 크리스마스카드를 줄 생각이다. 그때 바우는 미르에게 줄 카드도 샀다. 재이에게만 주었다가 두고두고 무슨 소리를 들을지 모른다.

약속 장소에 도착하니 재이와 미르는 벌써 와 있었다. 너무 긴장해 재이 쪽은 제대로 보지도 못하는 바우에게 미르가 말했다.

"나, 현규랑 할 얘기 있으니까 니네 둘은 자리 좀 피해 줘. 서로 상관 말고 놀다 가기다."

미르 말에 현규가 놀란 얼굴로 바우를 바라보았다. '이건 뭐지?' 싶은 표정이었다. 너무 노골적이어서 당황했지만 바라던 바였다. 사전에 이야기가 돼 있는지 재이는 별말 없이 바우와 함께 카페를 나섰다. 그런데 재이와 둘이 되자 긴장이 돼 머릿속이 하얘졌다. 바우는 떨리는 목소리로 재이에게 물었다.

"뭐 할까? 어디 가고 싶은 데 있어?"

"응……, 생과고."

"생과일? 카페?"

바우 말에 재이가 소리 내 웃었다.

"생과고. 니 고등학교."

"거, 거긴 왜?"

바우가 놀라 물었다.

"너 갈 학교잖아. 어떤 덴지 보고 싶어."

바우가 생명과학고에 지원하는 걸 알았을 때 재이가 이유를 물은 적이 있었다. 바우는 "그냥. 가고 싶어서."라는 대답밖에 하지 못했다. 바우는 마음속에 있는 걸 제대로 말할 자신이 없었다. 그때는 더 묻지 않았던 재이가 왜 갑자기 학교에 가 보고 싶다는 건지 궁금했다. 어떤 덴가 한번 보고 싶은 건가. 혹시 학교에 갔는데 노는 애들 있어서 점수만 깎이면 어쩌지.

"뭐, 별로 볼 것도 없어."

바우는 자기 생각이 아닌 여느 사람들 관점에서 말했다.

바우는 고집을 꺾지 않는 재이와 함께 학교로 갔다. 이미 방학을 했는지 학생들이 보이지 않았다. 학교 아저씨와 온 적도 있고 면접과 합격자 소집일 때도 왔었기 때문에 자신 있게 안내할 수 있었다. 재이는 마치 자기가 입학할 학교인 것처럼 교정과 건물, 이정표, 실습장 배치도 같은 안내판 등을 꼼꼼하게 살폈다.

"엄청 넓네. 나무도 많고. 대학교 캠퍼스 같은 게 멋지다!"

바우는 재이의 감탄에 뿌듯해졌다. 겨울이라 꽃이 핀 실습장을 보여 줄 수 없는 게 안타까웠다.

재이가 온실 쪽으로 발걸음을 옮겼다. 다섯 개의 온실 중 세 동은 비어 있었고 나머지 두 동은 각각 아열대 식물과 분재 온실이었다.

"저기 가 보자."

재이가 아열대 식물 온실을 가리켰다.

"잠겨 있을걸."

경비 회사 센서가 붙어 있는 온실을 보며 바우가 말했다. 재이가 성큼성큼 가더니 온실 문을 열었다. 다행히 비상벨 같은 건 울리지 않았다. 막 들어가도 되는 건지 속으로 걱정하던 바우는 지난번, 졸업생인데 누가 뭐라고 하겠냐고 했던 학교 아저씨 말이 떠올랐다. 그래, 누가 뭐라고 하면 예비 신입생이라고 하면 되지, 뭐. 바우는 재이가 조금 연 문을 더 세게 잡아당겨 활짝 열었다.

온실 안으로 들어가자 재이의 안경에 김이 서려 뿌예졌다. 추운 데 있다가 들어가니 따뜻하고 좋았다. 더운 나라 식물들로 이국적인 느낌이 가득했다. 한여름 숲에 들어선 것처럼 무성하고 싱그러운 아열대 식물들은 바우가 그동안 키웠던 꽃 종류들과는 다른 설렘을 주었다. 재이가 안경을 벗어 닦는 동안 바우는 깊은숨을 들이켰다. 흙냄새가 섞인 특유의 식물 향기가 가슴 가득 들어찼다. 익숙하고 그리운 냄새였다.

"정글에 온 거 같다."

닦은 안경을 쓴 재이는 식물들을 둘러보며 연신 감탄했다. 바우가 이름을 아는 식물은 야자나무와 바나나 나무, 고무나무 정도뿐이었다. 앞으로 입학하면 한 그루, 한 그루 이름을 알고 특성을 배워 친구가 될 거다.

휴대폰을 꺼내 든 재이가 식물 사진을 찍었다. 그리고 바우와 셀카를 찍자고 했다. 어디 가면 사진부터 찍는 아이들을 속으로 흉보았지만 지금은 좋기만 했다. 바우는 쑥스러워하면서도 재이가 시키는 대로 열심히 포즈를 취했다. 그 뒤로도 재이는 이 나무, 저 나무 앞을 옮겨 다니며 혼자 또는 바우와 셀카를 찍었다. 처음엔 어색해하던 바우도 차츰 자연스러워졌다. 재이와 노는 동안 식물에 대한 관심은 저 멀리 밀려났다. 바우는 아빠와 갈등을 겪으면서까지 선택했을 만큼 자기가 식물과 원예를 좋아하는지 잠깐 의심했으나 그것마저 곧 관심 밖으로 사라졌다.

바우 눈에는 재이만 보이고 머리엔 '고백'이란 두 글자만 가득했다. 다른 사람들이 있는 카페 같은 데보다는 식물이 가득한 온실에서 말하는 게 좋을 것 같았다. 하지만 얼굴 보고 고백하는 건 상상보다 훨씬 어려운 일이었다. 가장 큰 걱정은 재이가 거절하면 어쩌나 하는 거였다. 재이가 자신에게 호감이 있다는 건 느꼈지만 이성으로서의 감정이 아닐 수도 있다. 만일 거절당하면 어색한 상황을 어떻게 수습해야 할지 생각만으로도 아찔했다. 바우는 급기야 지금은 이대로 즐기고 나중에 메시지로 고백하고 싶은 유혹을 느꼈다.

"니가 왜 이 학교 온다고 했는지 알 것 같다. 여기, 너랑 완전 잘 어울려. 탁월한 선택이야."

온실을 두 바퀴 돌고 맨 안쪽으로 다시 갔을 때 바우 쪽으로 돌아선 재이가 엄지손가락을 치켜세웠다. 자신의 선택을 이만큼 이해해 준 사람은 재이가 처음이었다. 학교를 결정한 뒤 부정적인 시선으로 바라보는 사람들 때문에 많은 상처를 받았다. 바우는 아무 편견 없이 자신을 지지해 주는 재이가 더 좋아졌다.

가슴에서 뜨거운 게 울컥 솟구치는 순간 바우는 자기도 모르게 토해 냈다. "나, 너 좋아해. 우리 사귀자."였는지 "널 좋아해. 나랑 사귈래?"라고 했는지, 아니면 간신히 좋아한다는 말만 했는지 생각나지 않을 만큼 정신이 없었다. 재이의 대답을 기다리는 동안 초고속 촬영이라도 한 것처럼 시간은 잘게 나뉘어 흘렀고 심장 박동 소리는 뛸 때마다 거대한 포성처럼 귓가에 울려 퍼졌다. 재이가 동그래진 눈과 상기된 얼굴로 고개를 끄덕였다. 뜨거운 것이 빠져나간 자리에 페퍼민트 향처럼 화한 게 들어찼다. 재이는 고개를 끄덕이는 것으로 대답을 끝내지 않았다.

"실은 나도 전부터 너 좋아했어."

바우는 자신보다 당차고 용감한 재이가 고백할 기회를 준 게 고마웠다. 그런데 고백에 성공하고 나니 이제 뭘 해야 할지 모르겠는 심정이 됐다.

바우는 그동안 지식 검색 사이트에 오른 질문과 답변들을 샅샅이 읽으며 이 순간을 준비했다. 답변 중에는 고백한 뒤 손을 잡으라는 내용도 있었다. 하지만 또 다른 답변에선 너무 빠른 스킨십에 어색해질 수 있다고 했다. 바우 생각에도 고백하자마자 손을 잡는 건 너무 이른 것 같았다. 재이가 뿌리치기라도 하면 그 상황을 감당할 자신이 없었다. 솔직하게 말하면 재이 손이 너무 잡고 싶었다. 그 생각 때문에 바우는 오히려 몸이 굳어 아무것도 할 수 없었다. 둘은 조금 전보다 더 서먹해져, 그러나 더욱 달뜬 마음으로 이제는 그 나무가 그 나무 같아 보이는 온실 안을 돌아다녔다.

"웬 학생들이야?"

갑자기 들려온 목소리에 바우는 제정신이 들었다. 바우와 재이는 관리인 아저씨가 가까이 올 때까지 전혀 모르고 있었다.

"내년에 입학할 건데 미리 구경 왔어요."

바우는 떨리는 걸 들키지 않으려고 애쓰며 말했다.

"그래? 문 잠그려다가 기척이 있어서 들어온 거야. 까딱했으면 학생들 이 안에 갇힐 뻔했어. 어서 나가."

바우는 재이와 단둘이 이곳에 갇힌 모습을 상상하자 가슴이 더 세차게 뛰었다. 재이에게 들킬까 봐 걱정될 정도였다. 그때 재이가 바우 손을 잡으며 말했다.

"그만 가자. 아저씨, 새해 복 많이 받으세요."

둘은 온실 밖으로 나왔다. 싸늘한 공기가 시원하게 느껴질 만큼 바우는 열에 들떠 있었다. 아주 잠깐이었지만 재이가 손을 잡았을 때의 느낌은 강렬했다. 나도 손을 잡을까? 정말 잡고 싶었다. 재이는 온실을 나가자는 뜻으로 무심결에 한 행동인데 기회인 양 냉큼 손을 잡는 건 좀 그렇지. 서로 고백했으니까 이제부터 사귀는 건데 그럼 손은 언제부터 잡아야 변태 소리를 안 들을까? 고등학교에 가면 내가 먼저 끝날 테니까 기다렸다 같이 집에 가야지. 바우는 온갖 생각에 빠져 재이 얼굴이 굳어졌음을 알지 못했다.

재이 태도가 심상치 않음을 알게 된 건 학교를 벗어나 큰길로 나왔을 때였다. 바우는 벌써 집으로 가고 싶지 않았다. 아직 책과 카드도 주지 못했다. 이제부터 첫 데이트가 시작되려는 거다. 바우가 설레는 얼굴로 물었다.

"뭐 하고 싶은 거 있어? 추운데 카페 같은 데 들어갈까?"

그런데 재이가 그냥 집으로 가자고 했다. 처음엔 부끄러워서 그러나 싶었는데 뭔가 분위기가 달라진 것 같았다. 달밭마을로 들어가는 버스는 두 시간 뒤에나 있었다.

"아직 차 시간 멀었는데. 갑자기 왜 그래? 집에 무슨 일 생겼어?"

바우는 자기 모르는 새 무슨 연락이라도 받았나 싶었다. 그 말에 재이가 힐끗 바라보았다. 그 눈에서 슬픔과 분노가 느껴졌다. 하지만 그럴 리가 없기에 바우는 잘못 본 거라고 여겼다.

"우선 면까지 가. 거기서 엄마한테 전화하든지 할래."

그곳까지 가는 버스는 자주 있었다. 재이 말이 끝나자마자 버스가 왔다. 바우는 재이를 따라 허둥지둥 버스를 탔다. 앞선 재이가 일인석에 앉았다. 쭈뼛거리다 바로 뒤에 앉은 바우는 재이가 갑작스레 변한 이유를 알 수 없어 애가 탔다. 재이는 이어폰을 귀에 꽂았다.

- 어디냐?

현규였다.

- 집에 가는 중

바우는 현규에게 신경 쓸 겨를이 없었지만 마지못해 대답했다. 그러지 않으면 재이에게 연락할 수도 있다.

- 나도 가는 중. 미르한테 무슨 말 못 들었어?

- 아직 못 봤어

그 뒤로 현규는 바우가 답변할 새도 없이 폭풍 메시지를 보냈다.

- 야, 미르가 나 좋아하는 거 같아

- 둘이 피시방도 가고

- 노래방에도 갔었다

- 게임 잘하더라

- 노래도 잘함

- 니네 보내고 둘이 놀자고 한 거 보면

- 나한테 관심 있는 거 맞지?

- 어쩌지? 정말 내 스탈 아니었는데

- 오늘 보니까 좀 괜찮긴 하던데

- 계속 좋다고 하면 사겨 줄까?

- 너는 뭔 복에 류재이

- 강미르랑 한동네 주민이냐?

- 떠보고 즉시 알려 줘

바우는 두서없는 메시지로 도배가 된 대화 창을 닫아 버린 뒤 무음 모드로 바꿔 놓았다. 지금 다른 데 신경 쓸 여유가 없었다.

재이가 갑자기 왜 이러는 건지, 자기가 무슨 실수라도 했는지, 바우는 재이와 학교에 간 순간부터 기억을 계속해서 재생해 보았다. 분명히 서로 고백을 할 때까지는 아무 문제 없었다. 관리인 아저씨가 온실에 나타난 다음부터 달라진 것 같았다. 바우는 아저씨가 무슨 실수를 했나, 라는 생각까지 했다. 아무리 되짚어 봐도 이유를 찾지 못한 바우는 설명도 없이 말문을 닫은 재이가 답답했다. 바우가 다른 사람의 침묵에 답답함을 느낀 건 태어나서 처음이었다.

아무 답도 얻지 못한 채 버스가 면내로 들어섰다. 바우는 재이가 어느 정류장에서 내릴지 몰라 긴장한 채 지켜보다 허겁지겁 따라 내렸다. 달밭마을로 가는 버스가 오려면 아직 멀었다. 재이는 이어폰을 꽂은 채 정류장에 한동안 서 있었다. 대화를 하고 싶지 않다는 강력한 표시에 말을 걸 용기가 나지 않았다. 바우는 서너 발짝 떨어져, 재이가 엄마나 아빠를 부르면 어떻게 해야 할지, 또 재이가 함께 타고 가는 걸 괜찮아 할지, 재이 부모님이 미르는 어디 가고 둘만이냐고 물으면 뭐라고 대답해야 할지 걱정이 태산인 채 서 있었다.

그런데 재이가 걷기 시작했다. 하긴 집의 차를 타고 갈 생각이었으면 버스에서 미리 연락했을 테지. 바우는 거리를 조금 두고 따라 걸었다. 길을 건너거나 모퉁이를 돌 때마다 재이는 바우가 따라오는지 확인하는 것 같았다. 용기를 얻은 바우가 몇 번 대화를 시도했지만 재이는 입을 꾹 다문 채 걷기만 했다. 속절없이 시간이 흐른 끝에 멀리 느티나무가 보였다. 마을에 도착하기 전에 이유를 알아내기는 그른 것 같았다. 이렇게 끝나는 건가. 이제 재이를 어떻게 보나. 시무룩해 땅만 보고 걷던 바우는 재이와 부딪칠 뻔하고 멈춰 섰다. 당황한 바우는 쏘아보는 재이의 눈길을 피할 생각도 못한 채 마주 보았다. 드디어 재이가 입을 열었다.

"너, 아까 내 손 왜 뿌리쳤어?"

전혀 예상하지 못했던 물음이었다. 재이 손을 뿌리쳤다고? 내가?

"어, 언제?"

"내가 잡자마자 뿌리쳤잖아. 너도 무식하게 아토피가 옮는 거라고 생각하는 거야?"

재이의 눈빛과 목소리에 슬픔과 서운함이 배어 있었다.

바우는 재이한테 귀싸대기를 맞는 한이 있어도 솔직하게 말해야 함을 알아차렸다. 재이가 자신을 어떻게 보든 아토피 때문에 손을 뿌리쳤다는 오해를 받는 것보다는 나았다.

"소, 솔직히 니가 손잡았을 때 너무 좋아서…… 내가 무슨 행동을 했는지 잘 생각이 안 나. 아마 관리인 아저씨 앞이라 나도 모르게 뿌리친 거 같아. 정말 미안해. 근데 나, 너랑 계속 손잡고 있고 싶었는데 니가 변태 같다고 생각할까 봐 억지로 참은 거야. 지, 지금도 니 손 잡고 싶어."

바우가 더듬거리며 말하는 동안 재이 얼굴에 미소가 번졌다. 바우는 비로소 마음이 놓이며 세상이 환해지는 것 같았다. 좋아하는 애의 미소 하나로 세상이 이렇게 밝아질 수 있다니. 재이가 손을 내밀었다. 둘은 손을 잡고 나란히 걷기 시작했다. 재이가 화났던 이유를 들려주었다.

"초등학교 6학년 때 학예회에서 연극을 했는데 어떤 남자애랑 손을 잡는 장면이 있었어. 연습할 때 그 애가 계속 내 손 대신 소맷자락을 잡는 거야. 처음엔 부끄러워서 그런 줄 알았어. 선생님이 진짜 공연을 할 때는 손을 잡아야 한다고 하셨는데 학예회 전날 그 애가 애들 앞에서 그러는 거야. 아토피 옮으면 어떡하냐고. 장갑 끼고 잡으면 안 되겠냐고."

"뭐, 그딴 새끼가 다 있어!"

바우는 자기도 모르게 멈춰서 버럭 소리를 질렀다. 옆에 있다면 난생처음 누군가를 때렸을지 모른다. 재이가 편들어 줘서 고맙다며 웃었다.

"그런데 애들이 때를 만났다는 듯이 나한테 뭐라 그러는 거야. 심지어 어떤 애는 그런 병이 있으면 내가 알아서 연극에서 빠져야 한다고 했어. 내가 그동안 왕따였다는 걸 그제야 알았어. 눈치 되게 없지? 그때부터 학교에 안 갔어. 졸업식에도 안 갔다. 그리고 여기로 이사 온 거야."

바우는 그동안 재이가 받았을 상처가 자기 일인 것처럼 아팠고 재이가 얼마나 힘들었을지 느껴졌다. 그리고 재이가 그 이야기를 해 준 게 고마웠다. 바우도 언젠가는 마음은 물론 말문까지 닫았던 자기 이야기도 들려주고 싶었다.

숨어 있는 길

환한 달빛을 받은 느티나무 그림자가 드넓게 드리워져 있었다. 미르와 소희는 진료소 문 앞에서 바우와 재이를 배웅했다.

"조심해서 가."

"낼 보자."

바우와 재이는 비탈 아래로 모습을 감췄다.

"별 많다!"

소희가 하늘을 올려다보았다.

"보름달이라 환해서 오늘은 많이 안 보이는구만. 춥다, 빨리 들어가자."

미르가 몸을 웅송그리며 먼저 몸을 돌렸다. 잠시 서 있던 소희도 미르를 따라 걸음을 옮겼다. 복실이가 개집 밖으로 고개를 내밀었다 도로 넣었다.

소희는 미르 엄마와 바우 아빠의 결혼식을 보러 달밭마을에 왔다. 열네 살 2월에 떠나 열일곱 살 1월에 왔으니 3년 만이었다. 엄마와 바우 아빠는 1박 2일짜리 신혼여행을 갔다.

"밥이나 먹고 말겠다더니 할 건 다 하네."

미르는 구시렁대며 문단속을 했다. 엄마가 진료실에 있을 때 혼자 잔 적은 있어도 엄마가 아예 없는 건 처음이다. 소희가 오지 않았으면 재이네 집에 가서 잤을 거다.

살림집으로 들어선 미르는 소희를 보았다. 비로소 하루 종일 쓰고 있던 가면을 벗은 얼굴이었다. 메고 있던 카메라 때문에 결혼식을 위해 부른 사진사쯤으로 생각하고 있던 동네 어른들은 뒤늦게 소희를 알아보곤 손주처럼 반겼다. 그들은 앞다투어 소희 할머니와의 추억을 펼쳐 놓으며 눈물을 찍어 내거나 소희 어릴 때 이야기, 죽은 아빠 이야기, 심지어는 지금 함께 사는 줄도 모르고 엄마를 욕하는 무리수를 두기도 했다. 소희는 여유 있게 웃으며 장단을 맞춰 주거나 상대의 안부를 물었다.

미르는 자기 같았으면 벌써 기분 나쁜 티를 냈을 텐데 부드럽게 넘기는 소희가 대단해 보였다. 그리고 그런 친구가 혼자만의 얼굴을 보여 주는 게 뿌듯했다. 미르는 소희와 단둘이 지내게 될 밤이 많이 기대되었다. 소희가 달밭마을을 떠나기 전에, 또 서울 소희네 집에서 함께 잔 적이 있지만 엄마가 결혼한 오늘 밤은 더 특별했다.

"썰렁한데 따뜻한 차 마실까?"

보일러 온도를 높여도 마음의 한기는 가시질 않았다.

"그러자."

소희가 미르를 따라 주방으로 갔다.

"재이네 아줌마가 만들어 준 모과차 있어."

유리병에서 꿀에 재운 모과 몇 조각을 꺼내 컵에 넣고 끓은 물을 붓자 향기가 퍼졌다.

"냄새 좋다."

둘은 모과차를 가지고 식탁에 앉았다. 식탁 위의 노트북엔 소희가 찍은 결혼식 스냅 사진이 들어 있었다. 조금 전까지 왁자지껄 떠들며 다 함께 사진을 보았다.

"사진 또 보자."

미르와 소희는 나란히 앉아 다시 사진을 보기 시작했다. 미르는 아직도 실감 나지 않는 엄마의 결혼을 확실하게 인지하고 싶었다.

음력 섣달 보름, 달밭마을 영농회장 송태봉 씨와 진료소장 이혜선 씨의 조촐한 결혼식이 마을 회관에서 거행됐다. 식당에서 밥 먹는 것으로 끝내려던 계획이 마을 사람들의 성화로 그렇게 바뀌었다. 동네 사람들은 신바람이 나 마을 회관으로 모여들었다. 칠십이 넘어도 노인 대접을 못 받는 할아버지들이 돼지를 잡고 할머니들이 반찬을 만들고 국수를 삶았다.

미르 엄마는 작은 숙모의 성화에 못 이기는 척 면내에 있는 미용실에 가서 머리를 했다. 숙모가 시골 미용실에서 제대로 하겠냐며 시내로 가자고 했을 때 미르와 엄마는 동시에 소리쳤다.

"그 미용실도 잘하거든!"

미르는 엄마가 달밭마을에 뿌리박고 살게 된 게 여전히 짜증 나고 싫었다. 언제든지 떠나 버리면 그만이라고 여겼던 달밭마을은 이제 반드시 와야 할 곳이 되고 말았다. 어쩔 수 없이 해야 하는 일이면 그 일에 될 수 있는 대로 높은 가치를 부여하는 게 현명하다. 여우가 따먹을 수 없는 신 포도를 경멸했던 것과 반대 방법이다. 뭐, 공기도 좋고 인심도 좋고 요새는 일부러 귀촌하는 사람들도 많은데, 뭐. 재이네도 봐.

미르는 재이 엄마와 엄마의 대화를 기억 속에서 끄집어냈다. 엄마의 결혼을 알기 얼마 전이었다. 재이 엄마가 쿠키를 구웠다면서 밤에 가져왔다. 엄마가 놀다 가라고 잡자 둘은 식탁에 앉아 수다를 떨기 시작했다. 점점 목소리가 커져 나중엔 방에 있는 미르에게도 내용이 들려왔다. 처음엔 게임을 하며 듣는 둥 마는 둥 했는데 어느샌가 귀를 기울이고 있었다.

"처음 이사 올 때만 해도 아이들 아토피만 나으면 서울로 돌아갈 생각이었어. 그래서 처음엔 전세를 살았던 거야. 그땐 솔직히 도시를 떠나 사는 게 싫었거든. 여기 사람들 간섭도 귀찮고 생활하기 불편한 것도 많고……."

재이네 식구 모두 시골을 무진장 좋아하는 줄 알았는데 뜻밖이었다.

"집 산 걸 보면 이제 애들 다 나아도 계속 여기 살 생각인가 보네."

"그러려고. 나, 사실 서울 살 때 거의 우울증에 알코올 중독 수준까지 갔었다. 재이 아빠랑도 많이 싸우고. 재이가 학교 안 간다고 해서야 정신이 번쩍 들었어. 애가 왕따가 된 줄도 모르고 있었던 거지. 그래서 부랴부랴 시아버님 친구 분 사시는 데로 이사 온 거야. 언니도 알겠지만 여기 애들 착하고 순수하잖아. 재이, 재윤이 잘 지내는 게 최고지."

남부러울 것 없어 보였던 재이네 가족에게 그런 일들이 있었다니. 미르는 재이가 아토피성 피부염조차도 아무런 장애가 안 될 만큼 행복한 아인 줄 알았었다. 서울 학교에서 왕따였던 재이가 이곳 아이들과 섞이기 위해 얼마나 노력했을까. 그런 줄도 모르고 재이를 관종이라며 험담했던 미르는 이곳 애들이 순수하고 착하다고 할 때 찔리는 기분이었다. 나는 언제쯤이나 다른 사람의 아픈 뒷면까지 볼 수 있는 눈을 가지게 될까.

"맞아. 애들이 우선이지. 나도 좋은 친구 생겼는데 오래오래 한동네에 살았으면 좋겠다."

"언니야말로 딴 데로 가면 안 돼. 여기 계속 있을 거지?"

"그럴 생각이야. 지역 주민들하고 정이 많이 들고, 여긴 내가 할 일이 아직 많아."

할 일이 많긴. 그때 이미 바우 아빠랑 결혼하기로 결정돼 있었던 거다.

"언니가 진심으로 즐기면서 일하는 거 보면 부럽고 존경스러워. 사실 나는 그러지 못했던 것 같아. 늘 시간에 쫓기면서, 그게 다 애들 탓이라고 원망하면서 허겁지겁 마감에 맞추곤 했어. 일이 줄어든 건 시골 살아서가 아니라 내 실력이 좋지 않아서인데 그걸 인정하기 싫어서 애들 핑계 대고 시골 핑계 대고……."

미르는 책도 여러 권 번역한 재이네 엄마가 잘나가는 번역가인 줄 알고 있었다. 아줌마가 엄마에게 부럽고 존경스럽다고 하자 그동안 재이네와 비교하며 속상해했던 마음이 조금이나마 풀렸다.

"나도 처음엔 내 아픔이나 괴로운 현실을 잊으려고 일에 몰두했던 거야. 사실 여기 내려올 때 벼랑 끝에 서 있는 심정이었거든. 여길 선택한 건 사명감보다는 집이 없어서였어."

마우스를 움직이던 미르의 손이 멈췄다. 집이 없다니. 세 식구가 함께 살던 아파트를 전세 놓고 온 줄 알았는데. 서울에 집이 있다고 애들한테 은근히 자랑도 했는데. 방에 있는 미르를 의식하는지 엄마 목소리가 작아졌다. 미르는 게임을 밀쳐 두고 문으로 가 귀를 기울였다.

"애 아빠가 스튜디오 차린다고 하다 사기를 당해서 집이 넘어가게 생긴 거야. 그 사실을 이혼하는 과정에서 알았으니 나도 한심하지."

"그걸 어떻게 몰랐을 수가 있어?"

"공동 명의로 하지 않은 게 실수였어. 미르 할머니가 집 살 때 보태 주시면서 아들 명의를 고집하셨거든."

할머니는 엄마가 돈도 벌고, 살림도 잘 하고, 아빠도 왕처럼 떠받들길 바랐었다.

"당장 원룸 같은 데로 이사 가야 할 형편이 된 거야. 미르한테 이혼한 것도 미안한데 그런 상황까지 만들어 주고 싶지 않았어."

달밭마을로 내려오기 전 몇 달 동안 삼촌 집에서 살았던 진짜 이유를 이제서 알았다.

"그래서 사택이 딸린 진료소 근무를 지원했던 거야. 그때는 열심히 일하는 것밖에 할 수 있는 게 없었어. 미르한테도 엄마가 버티는 모습을 보여 주는 것뿐이고. 미르 아니었으면 못 버텼을지도 몰라. 시간이 지나면서 마음도 회복되고 차츰 내가 주는 것보다 얻는 게 많다는 걸 깨닫게 되면서 일이 진심으로 소중하고 즐거워진 거지."

미르는 코끝이 찡했다. 엄마는 딸한테보다 남에게 감동적이고 멋있는 말을 더 많이 한다. 눈물이 날 것 같아 미르는 얼른 딴생각을 했다. 월급이 적다고 걸핏하면 짠순이 노릇하면서 뭐가 얻는 게 많다는 거야. 설마 할머니들이 가져다주는 호박이나 가지 같은 거?

어쨌거나 엄마와 재이 엄마가 나눈 대화의 결론은 여기가 좋다는 거다. 미르도 서울의 원룸보다는 달밭마을의 진료소 사택이 훨씬 더 좋았다. 그런 사정을 처음부터 알았다면 이곳을 그렇게 싫어하지는 않았을 거다. 어른들은 아이들을 좀 더 존중하고 믿을 필요가 있다. 자기에게 닥친 일인데 아이라는 이유만으로-아이를 위해서라는 명분으로-결정이나 판단에서 소외되고 제외되는 것, 진짜 기분 나쁘다.

미르는 결혼식을 하는 동안 휴대폰으로 엄마 모습을 여러 장 찍은 뒤 가장 예쁘게 나온 사진을 골라 아빠에게 보냈다.

- 품절녀된 아빠 엑스와이프!

아빠의 놀란 반응에 미르는 복수가 이루어진 듯해 기분 좋았다. 아빠가 질문을 쏟아 내며 어떤 사람인지 신랑 사진도 보내라고 했다. 여전히 엄마가 밑지는 결혼이라고 생각하고 있는 미르는 바우 아빠를 보여 주기 싫었다.

- 엄마 웃는 얼굴 보면 모르겠어? 새아빤 엄마를 행복하게 해 줄 남자야

'새아빠'란-그렇게 부를 날이 있을지는 모르겠지만-단

어가 총알이 되어 아빠 가슴에 구멍을 냈으면 좋겠다. 난 이제 엄마도 두 명이고 아빠도 두 명이야. 여동생도 있고 남동생도 생겼어. 내가 제일 잘나가. 아무렇지 않은 척 주문을 외워도 엄마 결혼을 지켜보는 미르는 많이 외롭고 슬펐다. 열일곱 살씩이나 됐으면서 결혼하지 말라고 떼를 쓸 수도 없고, 철없는 아이처럼 울고불고할 수 없어 더했다.

"다 봤다."

화면엔 차에 올라타기 전 돌아다보며 웃는 엄마 얼굴이 있었다. 진료소장도, 미르 엄마도 아닌 새로운 삶을 시작하는 한 사람이었다. 엄마가 이렇게 활짝 웃는 모습을 본 적이 있던가. 미르는 엄마가 이대로 영영 떠나 버릴 것만 같아 울컥했다. 그리고 그것을 빌미로 눈물이 쏟아지기 시작했다. 미르는 자신이 느끼는 슬픔보다 훨씬 더 많은 양의 눈물에 당황스러웠다.

"왜 이러지? 나 별로 안 슬픈데."

미르는 소희 보기가 겸연쩍었다.

"지금 실컷 울고 엄마 오셨을 땐 웃어."

소희가 미르에게 휴지를 밀어 주곤 등을 토닥거렸다. 미르가 엉엉 소리 내어 울자 소희도 함께 울었다. 눈물을 닦고 코를 푼 휴지가 수북해질 때까지 울던 미르가 불쑥 말했다.

코맹맹이 소리였다.

"나, 저번에 너희 집 갔을 때 뮤지컬 배우가 꿈이라고 한 거 뻥이었다."

뜬금없는 말에 소희가 울다 말고 어리둥절한 얼굴을 했다.

"솔직히 너 외고 간다고 해서 뻥친 거야. 너 부잣집 딸 된 거 보고 막 배 아팠거든."

실토하고 나니 속이 시원했다. 소희가 쿡, 하고 웃었다.

"사실은 나도 너 우리 집 왔을 때 막 자랑하고 싶은 거 겨우 참았어."

미르도 쿡쿡 웃었다. 이번엔 웃음이 쏟아졌다. 둘은 같이 웃다 울다 했다.

"누가 보면 둘 다 미친 줄 알겠다. 나 외고 안 가니까 그럼 이제 너도 그만둘 거야?"

소희가 휴지로 눈물을 닦아 내며 물었다.

"글쎄, 아직 잘 모르겠어. 뮤지컬이 진짜 좋은 건지 공부하는 게 싫어선지 잘 모르겠어."

"공연할 때 소름 돋았다는 것도 뻥이었어?"

"아니, 그건 진짜야."

"그럼 지금까지 그만큼 소름 돋았던 적 또 있어?"

잠시 생각하던 미르는 고개를 저었다.

어느새 자정이 넘었다. 소희가 입을 가리며 하품을 했다. 달밭마을 올 생각에 밤잠을 설쳤다니 피곤할 만했다. 미르에게도 긴 하루였다.

"피곤하지? 방으로 가자."

소희와 나란히 침대에 누워 웹툰이나 연예인 이야기 같은 가볍고 재미난 수다를 떨다 엄마의 결혼식 날을 마무리하고 싶었다. 미르는 식탁을 정리하려는 소희를 말렸다.

"낼 치우고 그만 들어가자."

미르 방 문 앞에 섰을 때 소희가 말했다.

"지금도 있을까?"

"뭐가?"

미르가 영문을 몰라 바라보는데 소희가 기대에 찬 표정으로 방문을 살짝 열었다. 그러고는 탄성을 지르며 활짝 열어젖혔다. 달빛에 비친 느티나무 가지 그림자가 방 안 가득 드리워져 있었다.

"난 또 뭐라고."

미르가 불을 켜려는데 소희가 제지했다. 미르는 하도 봐서 이젠 그림자가 벽지 무늬처럼 여겨질 정도였다. 미르는 침대에 눕고, 창가로 간 소희가 말했다.

"그동안 이 그림자 생각한 적 많아. 이상하게 나무보다 이 그림자가 더 많이 생각났어."

미르는 왜 그런지 알았다. 처음 이사 왔던 날, 마음 붙일 곳 없던 미르에게도 손을 내밀어 줬던 그림자였다. 점점 그 사실을 잊은 채 그림자가 성가시게 느껴져 커튼을 쳐 버린 적도 많았다. 얽히고설킨 무늬가 자신을 가두려는 그물처럼 여겨지기도 했다.

소희가 옆에 와 누웠다. 둘은 한동안 각자의 상념에 빠져 있었다.

"그런데 계속 보고 있으니까 나뭇가지 그림자가 길 같아 보인다."

소희가 말했다.

"난 그동안 그물 같다고 생각했었는데 니 말 듣고 보니 그렇게도 보인다."

"선들이 서로 엮인 게 그물 같기도 하네. 사람들은 다 각자 떨어져 있는 것 같지만 알고 보면 저 그림자처럼 서로 이어져 있는 것 같아. 너랑 바우는 물론이고 오늘 처음 본 재이도 실은 집으로 이어져 있었던 셈이잖아."

소희 말에 미르는 고개를 끄덕였다. 그물보다는 길이 더 마음에 들었다. 그러자 그림자가 달리 보였다. 소희는 나뭇가지 그림자에서 사람과 사람 사이에 난 길을 연상하고 있였지만 미르에게는 자기 앞에 놓인 수많은 길로 보였다. 진짜 길은 찾기 어렵게 숨겨 놓은…….

저 많은 길에서 어떻게 내 길을 찾지? 미르는 소희와 나누던 대화를 되새겨 보았다. 무대에서 분명히 전율을 느꼈다. 언제든 그때를 떠올리면 가슴이 뛰고 뜨거워졌다. 하지만 그것만으로 시작해도 되는 걸까? 나중에 이도저도 아니게 되면 어떻게 하지. 무엇보다 후회하게 될까 봐 두려웠다.

예고 입시에 떨어졌을 때 엄마가 말했다.

"그 학교에 못 갔다고 해서 인생을 실패한 건 아니야. 그리고 실패나 실수가 나쁜 것만도 아니고. 앞으로도 네 길을 찾아가는 과정에서 무수히 겪을 수 있는 일이야. 엄마는 앞으로도 네가 실패나 실수에서 배워 가면서 스스로 길을 찾길 바라."

그때는 실패와 실수라는 단어에 꽂혀 그게 악담이지, 위로냐며 엄마에게 화풀이를 했다.

미르는 꿈이 확고한 소희나 바우가 부러웠다. 재이의 꿈이 아직 확실치 않은 건 하고 싶은 게 많아서이지 자기처럼 방황하거나 망설이기 때문이 아니다. 나만 왜 이럴까? 뭐가 문제인 거지?

나무둥치를 떠나 어디론가 향하고 있는 길들이 대신 대답하는 것 같았다. 남들과 같을 필요는 없다고. 하지만 주저하며 머물러 있기만 해서는 어떤 길도 찾을 수 없다고. 인생이란 자기 앞에 펼쳐진 길들 중 자신의 길을 찾아 한 발, 한 발 나아가는 과정이라고. 그게 우리에게 주어진 가장 큰 축복이자 선물이라고…….

작가의 말 _ 초판

우리 앞의 '숨은 길' 찾기

『숨은 길 찾기』는 1999년 처음 발간된 『너도 하늘말나리야』로부터 시작되었다. 2010년에 뒤이어 나온 『소희의 방』은 달밭마을을 떠난 소희의 이야기이고, 이 작품은 달밭마을에 남은 미르와 바우의 이야기이다. 세 권의 책은 서로 이어져 있는 연작이면서 각각의 완결성을 지닌 독립적인 작품이다.

처음부터 연작으로 쓸 생각을 했던 건 아니다. 『너도 하늘말나리야』를 쓴 뒤 10여 년의 세월이 흐르는 동안 내 삶과 생각에도 많은 변화가 있었다. 청소년소설을 쓰고 내 아이들의 십대를 겪으면서 모범생이라는 틀 안에 가둬 놓은 소희가 자꾸 떠올랐다. '달밭마을을 떠난 소희는 어떻게 됐어요?'라는 독자의 질문이 계기가 되어 나도 모르는 새 가슴 속에 가득 들어차 있던 소희 이야기가 쏟아져 나왔다. 소희에게 몰두하면서도 '미르와 바우는 어떻게 됐을까? 그 애들은 달밭마을에서 행복할까?' 하는 궁금함이 솟구쳤다. 그때 미르와 바우 이야기도 함께 쓰고 싶었으나 소희만으로 넘쳐 다음으로 미룰 수밖에 없었다. 그리고 드디어 미르와 바우의 이야기인 『숨은 길 찾기』를 끝냈다.

나는 이번 작품에서 '사랑'과 '길'에 대해 생각해 보고 싶었다. 청소년기의 두근거리는 연애 감정 외에도 어른들의 새로운 사랑, 부모와 자식 간의 정, 친구끼리의 우정 등 사랑의 범주 안에 들어갈 수 있는 다양한 감정들을 다뤄 보았다. '길' 또한 주인공들의 꿈이나 미래를 뜻하는 것뿐 아니라 사람과 사람, 또는 사람과 자연 사이에 난 마음의 길까지 포함해 그리고자 했다. 아울러 시골에 살고 있는 미르와 바우를 통해 농촌 청소년들이 가질 법한 환경적 고민이나 소외감에 대해서도 들여다보았다.

어릴 때는 어른이 되면 삶을 꿰뚫어 볼 줄 아는 혜안은 물론 앞날에 대한 예지력도 생길 줄 알았다. 하지만 나이 들수록 인간은 영원히 불완전하며 미성숙한 존재임을 더 확실히 느끼게 될 뿐이다. 한동안은 그런 사실에 자괴감과 무력감을 느끼기도 했지만 이제는 그조차도 오만이라는 생각이 든다. 그렇기에 이 작품 속 어른들은 아이들과 다를 바 없이 실수하고 실패하고 좌절하며 새롭게 시작한다. 어른들이 자기 역시 불완전한 존재임을, 자신이 알고 있는 것만이 정답이 아님을 인정할 때 아이들은 좀 더 자기 삶에 책임감을 갖게 될 것이며 또 조금 더 행복해질 것이다.

나는 아이들을 모두 길 위에 세워 놓은 채 이야기를 끝냈다. 하지만 믿는다. 그 아이들이 자신의 길을 찾아 힘들더라도 즐겁게, 그리고 당당하게 걸어가리라는 것을.

미르, 바우, 소희의 이야기가 세 권으로 완결되기까지 15년이 걸렸지만 작품 속에서 흐른 시간은 만 3년이다. 실제 세월의 경과를 작품에 반영하고 싶지 않았다. 늘 지금, 여기에서 벌어지고 있는 낡지 않은 이야기로 독자들과 만났으면 하는 마음 때문이다. 그런 바람을 가질 수 있는 것도 다 많은 분들이 세 아이를 사랑해 준 덕이다. 그분들께 감사드린다.

2014년 봄

이금이

아직 끝나지 않은 이야기

작가란 늘 새로운 이야기를 하고 싶어 하는 사람들이다. 그렇기에 책이 나오면 대부분 그 작품은 이제 잊고 새 작업에 몰두하게 된다. 그런데 시간이 지나도 소설 속 등장인물들이 마음을 떠나지 않는 경우가 가끔 있다. 내게는 『너도 하늘말나리야』의 주인공인 미르, 소희, 바우가 그랬다. 그들이 마음을 떠나지 않았던 건 내게 하고 싶은 이야기가 더 있어서였다.

나는 『너도 하늘말나리야』가 나온 뒤 11년 만에 『소희의 방』을, 그로부터 4년 뒤 『숨은 길 찾기』를 썼다. 첫 번째 이야기인 『너도 하늘말나리야』도 영감을 받은 순간부터 책을 내기까지 10년 가까이 걸렸다. 계속 다른 작품을 썼으면서도 미르, 소희, 바우 이야기는 왜 그리 더디게 써졌던 걸까. 그 애들이 내밀한 마음을 털어놓기엔 아직 내가 못 미더웠던 것 같다. 아이들은 내가 자신들의 이야기를 온전히 이해하고, 제대로 표현할 수 있을 때까지 기다려 주었던 거다. 돌이켜 보면 그 시간이 있어 나는 인간으로서, 작가로서 조금이나마 더 성장할 수 있었다.

『숨은 길 찾기』는 2014년에 출간됐다. 앞의 책들에 비해 최근에 쓴 작품이니 크게 수정할 일이 없을 줄 알았다. 하지만 이 책도 대폭 수정이라고 할 만큼 전 문장을 손보다시피 했다. 처음엔 중요하게 생각하며 썼던 부분들이 이제는 군더더기처럼 여겨지는 곳도 있었고, 그 당시엔 별 문제의식 없이 했던 표현들이 지금은 걸리는 곳도 많았다. 바뀌고 발전해 가는 시대적 인식을 놓치지 않고 작품에 반영하는 것도 작가의 임무라고 생각한다. 세세히 본다고 했지만 놓친 부분이 있거나, 이 책 이후에 깨우친 게 있다면 다음 작품에 담기게 될 것이다.

세 권의 책이 띄엄띄엄 나온 탓에 『너도 하늘말나리야』, 『소희의 방』, 『숨은 길 찾기』의 연결성을 모르는 독자들도 많다. 개정 작업으로 새로운 옷을 입고 나온 3부작이 미르, 소희, 바우를 사랑해 준 분들께 작은 보답이 됐으면 좋겠고, 새로운 독자들께는 책 읽는 재미를 더해 주기를 바라는 마음이다.

개정판 마지막 작가의 말을 쓰고 있는 지금, 나는 여전히 미르, 바우, 소희의 다음 이야기가 궁금하다. 그들이 어떻게 자기 길을 찾아가며 성장하는지 함께 기대해 주시길 바라며, 개정판 3부작이 새롭게 나올 수 있게 도와준 모든 분들께 감사드린다.

2021년 한여름

이금이

유진과 유진 장편소설

아동 성폭력이라는 사회적 이슈와 청소년이 겪는 일상화된 폭력과 상처를 마주한 이금이 작가의 문제작! 두 유진의 고통스러운 진실이 미스터리한 서사와 밀도 높은 심리 묘사 속에서 점차 드러난다.

책으로따뜻한세상만드는교사들 추천도서 | 어린이도서연구회 청소년 권장도서 | 국립어린이청소년도서관 청소년 추천도서 | 학교도서관사서협의회 추천도서 | 한국출판인회의 선정 이달의 책 | 책 읽는 서울 한 도서관 한 책 읽기 선정 도서 | 부산시교육청 초중고 권장도서 | 교보문고 선정 마음에 힘을 주는 책 | 알라딘 독자 선정 청소년문학 최고의 책 | 한우리독서문화운동본부 권장도서 | 『창비어린이』 선정 올해의 책 | 학교도서관저널 『성과 사랑 365』 선정 도서 | 학교도서관저널 추천 성장소설 50선 | 평화박물관건립추진위원회 선정 어린이·청소년 평화책

주머니 속의 고래 장편소설

잘생긴 얼굴만 믿고 연예인을 꿈꾸다 좌절하는 민기, 꿈을 찾았지만 길을 못 찾는 현중, 내면의 상처 때문에 괴로운 준희, 가난 때문에 꿈조차 사치인 연호, 16세 아이들이 펼쳐 놓는 마음 깊숙한 이야기!

중학교 국어 교과서 수록 | 경기도학교도서관사서협의회 권장도서 | 대한출판문화협회 선정 올해의 청소년도서 | 전국독서새물결 선정 교과별 추천도서 | 서울북페스티벌 북크로싱 선정 도서 | 『창비어린이』 선정 올해의 책 | 아침독서 청소년 추천도서

벼랑 소설집

청소년들의 삶을 다섯 편의 단편소설에 담았다. 자신의 삶에 주체적이지 못하고, 마치 벼랑 끝에 선 것처럼 위태로운 청소년들의 이야기다. 그들의 삶을 벼랑 끝으로 모는 존재는 과연 누구인가!

한국문화예술위원회 선정 우수문학도서 | 국립어린이청소년도서관 사서 추천도서 | 대한출판문화협회 선정 올해의 청소년도서 | 『창비어린이』 선정 올해의 책 | 아침독서 청소년 추천도서 | 네이버 북리펀드 선정 도서

청소년들의 '지금과 여기'를 살피고,
꿈과 미래를 힘껏 응원하는
이금이 작가의 청소년문학 시리즈입니다.

안녕, 내 첫사랑 장편소설

소년의 서툰 '사랑'을 작가 특유의 세심함을 담아 그려 낸다. 첫사랑은 이루어지지 않는다는데, 동재의 첫사랑은 어떻게 될까? 끝까지 손을 놓지 못하게 만드는 사춘기의 첫사랑 이야기!

국립어린이청소년도서관 사서 추천도서 | 국립어린이청소년도서관 어린이자료분과 추천도서 | 경기도학교도서관사서협의회 추천도서 | 한국아동문학인협회 선정 우수도서 | 인터넷교보문고 어린이책 AWARD 선정 도서 | 소년조선일보 추천도서 | 아침독서 추천도서

마리오네트의 춤 장편소설

아이들이 모두 거짓이라고 '믿고 싶어 하는' 이야기가, 사실은 진실이라면? 몸에 맞는 교복이 없을 정도로 뚱뚱한 봄이에게 멋진 대학생 남친이 있다니…. 반전에 반전을 거듭하는 놀라운 소설.

국립어린이청소년도서관 추천도서 | 『학교도서관저널』 추천도서 | 네이버 북리펀드 선정 도서

거인의 땅에서, 우리 장편소설

엄마와 엄마의 여고 친구들 틈에 끼어 몽골로 여행 간 다인이. 어른들 사이에서 공주 대접받을 줄 알았는데, 영 실망스럽다. 믿었던 엄마도 낯설게 느껴진다.

서울시립어린이도서관 추천도서 | 아침독서 청소년 추천도서 | 네이버 북리펀드 선정 도서

얼음이 빛나는 순간 장편소설

모범생과 보헤미안 같은 두 소년의 삶이 어느 날 날줄과 씨줄처럼 뒤엉켜 버린다. 우연에서 시작하지만, 결국 스스로 선택하는 인생을 살려 애쓰는 청소년들의 가슴 시린 성장소설.

『학교도서관저널』 추천도서

'너도 하늘말나리야' 시리즈 3부작

1. 너도 하늘말나리야 장편소설

세 친구 미르, 소희, 바우는 각자의 아픔 때문에 마음을 열지 못한다. 그러나 자신의 상처를 통해 친구의 상처를 들여다보게 되고, 서서히 서로를 이해한다. 스스로 치유하며 성장해 나가는 아이들의 이야기!

초등학교·중학교 국어 교과서 수록 | 책으로따뜻한세상만드는교사들 추천도서 | 어린이도서연구회 권장도서 | 책읽는교육사회실천협의회 추천도서 | 한국출판인회의 선정 이달의 책 | 서울시교육청 교과별 권장도서 | 경기도교육청 독서감상문 경시 대회 선정 도서 | 부산시교육청 독서인증제 권장도서 | 중앙일보 선정 좋은 책 100선

2. 소희의 방 장편소설

'너도 하늘말나리야' 시리즈 3부작 중 2부. 열다섯 살이 된 소희가 친엄마와 함께 살게 되면서부터 벌어지는 이야기다. 엄마의 재혼으로 '윤소희'에서 '정소희'로 살게 된 소희는 모든 것이 힘들기만 하다.

한국도서관협회 선정 우수문학도서 | 한겨레·예스24 선정 청소년책 30선 | 아침독서 추천도서 | 네이버 북리펀드 선정 도서

3. 숨은 길 찾기 장편소설

'너도 하늘말나리야' 시리즈 3부작의 완결편. 소희가 떠난 뒤 달밭마을에 남은 미르와 바우는 어떻게 살고 있을까? 이후의 삶이 궁금했던 독자들의 요청에 의해 써 내려간 아이들의 사랑과 꿈 이야기.

국립어린이청소년도서관 청소년 추천도서 | 한국출판문화산업진흥원 선정 세종도서 | 아침독서 추천도서